DOGO

NICOLÁS FERRARO

DEL NUEVO EXTREMO

Ferraro, Nicolás
　　Dogo / Nicolás Ferraro. - 1a ed . - Ciudad Autónoma de Buenos Aires : Del Nuevo Extremo, 2016.
　　256 p. ; 21 x 14 cm.

　　ISBN 978-987-609-674-4

　　1. Novelas Policiales. I. Título.
　　CDD A863

© Nicolás Ferraro, 2016

© Editorial Del Nuevo Extremo S.A., 2016
A. J. Carranza 1852 (C1414COV) Buenos Aires, Argentina
Tel/Fax: (54-11) 4773-3228
e-mail: editorial@delnuevoextremo.com
www.delnuevoextremo.com

Imagen editorial: Marta Cánovas
Correcciones: Diana Gamarnik
Diseño de tapa: @WOLFCODE
Diseño interior: ER

Primera edición: septiembre de 2016
ISBN 978-987-609-674-4

Reservados todos los derechos.
Ninguna parte de esta publicación puede ser reproducida, almacenada o transmitida por ningún medio sin permiso del editor.
Hecho el depósito que marca la ley 11.723

Para mi nona Edi

CHICO/DINAMITA/AMOR
POR LEONARDO OYOLA

Sabrán disculparme, de entrada nomás, pero no puedo hablar de Nicolás Ferraro y de su obra desde otro lugar que no sea el corazón. Uno descubre algo, se enamora, se fanatiza... y lo comparte.

Escribo estas líneas cuando me encuentro escuchando una y otra vez a Coki & TheKiller Burritos y una tríada de canciones de su último disco: "Villa Cristal", "Barquito" y "La fakir de la suburbia". En esta última la letra arranca con un contundente diez cervezas para atrás, reincidiendo en otro verso con un siete botellas; relatando una relación y una noche de bares.

En el caso del autor del libro que tienen en sus manos podríamos mencionar al Pachi, a la Vermutería, al Patio del Liceo, a la barra del Espacio Moebius y a cada lugar en el que compartimos tragos o terminamos tirando el ancla mientras cerveceábamos. Lo que ya no podemos enumerar, a Dios gracias, son las cantidades de botellas que bajamos juntos. Y todo lo compartido.

Conocí a un pibe a finales del 2010 con el que nos pusimos a charlar de novelas negras; que me confesó que había empezado a leer a clásicos del harboiled debido a su pasión por un juego: el Max Payne. Que ahí aparecían para ayudar al protagonista devenido literalmente en un ángel vengador ni más ni menos que Raymond Chandler y Dashiell Hammett. Que él se venía a enterar, mientras pasaba pantallas —¿todavía se dirá así?—, que esos eran dos escritores que habían sido pilares de la literatura policial. Y que por eso se acercó a sus libros. Y que ahí entró a este mundo. Hasta lograr respirar códigos y propuestas estéticas que lo atraparon y que lo mantienen cautivo hasta el día de hoy. Pongo las manos en el fuego de que esa va a ser una pasión que lo seguirá acompañando hasta el más allá, en consonancia con el fichín del que era fan (de esto estoy seguro: definitivamente a Max Payne ya no se le dice fichín).

En el barrio cuando hablábamos de ir a los jueguitos, quizás para mentir una edad y una experiencia que todavía no teníamos, se proclamaba en voz alta que íbamos al vicio. No estábamos tan errados: las máquinas en aquella época tenían ceniceros repletos de colillas y cenizas de cigarrillos y los tugurios que se frecuentaban en Castillo, Casanova, Morón o Liniers eran dignos escenarios del género que orgullosamente abanderamos con Nico y tantos otros colegas.

Diez cervezas para atrás…

Siete botellas…

¿Quién lleva la cuenta?

Con Nico, además de seguir hablando de literatura, nos pusimos a laburar juntos. Nos animamos. "A ver qué pasa". Y pasó nomás. Algo. Eso que hasta el más borracho de la fiesta es capaz de percibir: que este pibe tenía pasta para contar. Un mundo. Varias vidas. Muchos amores. Todo, la mayoría de las veces, ambientado en los peores escenarios que uno se pueda llegar a imaginar o reconocer. En donde los menos malos se vuelven héroes a su pesar más allá de sus prontuarios y pecados secretos. En donde no para de llover como en el Seattle de The Killing o en las noches del 2 de noviembre para El Cuervo de los cómics y de la película homónima con el malogrado Brandon Lee.

En estas páginas van a encontrarse con el Dogo y un rosario de rounds rogando para que la campana una vez más termine salvando al púgil/gladiador. Para que termine la pelea. Y pueda bajarse del ring. Yo rezo también para que pronto se puedan conocer y dejen de estar inéditos los cuarenta días y las cuarenta noches en el desierto de su Pantera, el Domingo de Ramos de Vivir y morir en Bahía, la Semana Santa de su Chaco, el calvario de su Cruz o la navidad de El Bueno, el Malo y el Reno. Porque santificar las fiestas, si no es con la sangre de Cristo, debería ser tomando cerveza y leyendo a Ferraro.

Nico apuesta a la redención.

A ese breve instante en el que puede llegar a salir el sol en sus historias de personajes sin paraguas aceptando lo que les tocó en suerte.

La nobleza en los embarrados.

Y la necesidad de creer.

En una oportunidad.

Y en otra persona.

Escribe como habla y como se mueve. Es explosivo. Sabe robar sonrisas y hasta carcajadas. Como así también emocionar de la manera más genuina. Es jetón. Y caballero. Eso me encanta de Nico y de su literatura. Así fue como lo descubrí. Así fue como lo empecé a querer más. Y ahora, por esta bendita edición, podemos compartirlo. Como esas diez cervezas para atrás de las que hacían mención Coki & The Killer Burritos. Como esas otras siete botellas. Bueno. Nada. Eso. Qué sé yo. Que no hay que contar lo que se bebe. Sí, historias. Y que las que narra Nicolás Ferraro son curdas que bien valen la pena celebrar.

CAPÍTULO 1

Es un bar en un subsuelo, pero siento que me arrastran al fondo de un pozo.

Rivera y Somoza me atenazan un brazo cada uno, y me arrean por el antro. Me llevo puesta una mesa. El viejo que la ocupa ni se gasta en mirarnos. Agarra un vaso con algo que, más que dedos, parecen venas. Tiene los ojos amarillos haciendo juego con la poca luz del lugar. La única capaz de esconder sus derrotas. Acá no vienen a tomar, vienen a anestesiarse hasta que su billetera o el hígado digan basta.

Un bar donde la gente viene a morir solo puede ser atendido por la muerte.

Los que me llevan pasaron más años adentro que afuera. Detrás de la barra, lo que tiene doce años no es el whisky, sino la condena que cumplió Kike, que cabecea para el fondo. Seguimos avanzando hasta que me meten en un cuartito. En un sillón de dos cuerpos en el que apenas entra, Ferreira. Bajo la luz violeta sus dientes brillan cuando me sonríe.

—Te iba a decir que estabas igual que siempre, Dogo —me dice—. La jeta intacta y con los guantes llenos de sangre, pero viéndote bien… —señala una cicatriz redonda debajo de mi rodilla—, ese escracho es nuevo.

—No es el único.

—De salida, ¿no? Mi sobrino Marco se comió un balazo por la espalda y en el pecho le quedó una cicatriz igual que esa. Debe haber dolido como la puta madre.

—No tanto como los cuatro años.

—Y eso que te hicieron precio... No te esperábamos hasta dentro de mucho tiempo. Cuando me dijeron que te habían visto, lo primero que pensé fue que te habías escapado. Todos lo pensamos. Nadie podía creer que justo a vos te hubieran largado antes por buena conducta.

Una morocha se acerca y le deja un vaso de ginebra junto con un bol lleno de maní. Tiene un shorcito tan corto que el forro de los bolsillos asoma por abajo. Mil polvos atrás podría haber sido linda.

—Roxi, querida —dice Ferreira—, hacele un favor y traele un trapito a nuestro amigo.

Mientras paladea el trago, la transpiración derrite la sangre seca en mis manos y las vuelve pegajosas. Trato de secarlas en la bermuda. Lo único que consigo es mancharla. Roxi me pasa un cacho de remera mojada.

—Ya tengo suficientes quilombos. Así que, con eso —dice señalando las manos—, voy a hacer la gran Poncio Pilato.

Me regala otra sonrisa que desarma en el filo del vaso. Después de tomar unos tragos, empieza a ruletear los cubitos. Tiene la vista fija en la carne desgarrada de mi rodilla.

—La miro y me duele.

—Escuchame, Ferreira. No creo que me hayas traído para hablar de cicatrices.

—Tendríamos para rato. Sobre todo si nos ponemos a charlar de las que hiciste. Hace unos días cayó Germán, otro de mis sobrinos. Justo estábamos hablando de vos y cuestión que me dice: *¿Qué onda? ¿Por qué tanto lío por el Dogo? No parece gran cosa.* Él nunca te vio repartiendo, pero por las cosas que escuchó, pensó que iba a aparecer una copia de Stallone. *Antes que un buen par de músculos, es mejor tener un buen par de huevos*, le digo, y me pongo a pensar qué anécdota contarle. El pendejo este se la pasa viendo todo el día películas de tiros. *Fuego contra fuego la vio más veces que a la ducha.* Entonces, le digo: *Así como lo ves, el tipo ese robó un camión de caudales con un revólver. Cualquier gil se roba una chancha con un FAL. Pero el Dogo se paró ahí con el fierro. Cuando se lo fueron a llevar puesto, le metió un par de corchazos y le hizo saltar el vidrio a la mierda.* Menos mal que era blindado. ¿Con qué carajo le tiraste?

—Un Magnum 41 —respondo—. Con balas perforantes.

—Los que te vieron ese día me contaron que con ese chumbo podrías haber matado hasta a Dios, que tenía un cañón que parecía que hubieras robado uno de un tanque y se lo hubieras puesto a un revólver. ¿Lo tenés todavía?

—Está en el fondo del Riachuelo.

—Qué cagada. Siempre me quedé con ganas de verlo.

Apura lo que le queda de trago y, cuando se estira para dejarlo en la mesita, el traje azul parece a punto de rajarse. Los apoyabrazos crujen. La grasa que le abulta la panza es peligrosa para su salud. La cartuchera que le abulta el sobaco, para la mía.

—En fin —sigue—. ¿Sabés lo que me dijo el pendejo atrevido este? Que más que huevos eras un boludo, que tuviste suerte. *A ver si esto te parece suerte*, le digo. Lo llevé para casa y le hice ver unos videos de Irusta, de la época en la que boxeaba y pintaba para campeón mundial. Primero le puse la pelea contra el Pampero Ledesma. Medio minuto y ya lo había tirado. Después mandé el combate contra el Roble Mayán. En cuarenta segundos lo noqueó y eso que el otro venía invicto. Me había olvidado de que esa fue la pelea en la que Príncipi lo bautizó *Primera vez* Irusta, porque con él nadie duraba más de un minuto. *Todos decían que era pichón de campeón mundial*, le seguí contando, *pero ahí era solo un pichón y tenía que mandar algo al buche.* Las peleas no le estaban dando mucho y, en eso, los hermanos Zelaya tenían la sangre en el ojo y le pusieron un par de billetes para que te devolviera el favor. *Irusta tuvo su última pelea abajo del ring*, le dije a mi sobrino. *El Dogo le sacó el invicto y el apodo.*

>>Y el chabón no me cree. Así que lo subo al coche y lo llevo a ver al, ahora, Rengo Irusta. Tiene un taller. Desarman coches y esas cosas. Mi sobrino no termina de decirle *Dogo* que el otro ya larga la puteada. Y ahí entendió el pendejo. No le quedó otra. Siempre me dio lástima Irusta. De vez en cuando le tiro alguna changa. Apurar a algún deudor y esas cosas. Algo para que despunte el vicio. Una locura. De campeón mundial a mecánico. ¿Qué te parece?

—Que tendría que haberse conseguido un mejor *manager*.

—Vos tendrías que haberte conseguido uno. Te hubiera ido mejor que con los fierros. Yo no estuve el día que los fajaste a los Zelaya, pero ese día de Irusta sí. Los monos se te iban al humo y terminaban en el piso. ¿Tenés idea de cuántos bajaste?

—No sé, pero bajamos unos cuantos.

—Es el día de hoy que todavía me acuerdo de ustedes dos. Espalda con espalda, el Dogo y el Yunque repartiendo. Ojota, que se me confunden las veces. Figurita repetida si las hay vos y tu compadre bajando a troche y moche al que se le plantara enfrente. Contra los Zelaya en la canchita. En el boliche de la ruta. Hasta la vuelta esa que se armó quilombo con los motoqueros de Banfield. Ustedes juntos rompieron más narices que la merca.

Un golpe seco detrás nuestro. Alguien está jugando al *pool*. La música sigue baja, lejos. La puerta más lejos todavía. Un flaco en cuero se mete al baño de hombres. Segundos después, se manda atrás una minita de musculosa remangada. El *piercing* del ombligo se vuelve más brilloso con la luz violeta.

—Yo siempre dije —sigue—: la manera de mayor intimidad entre dos personas no es cuando cogen. Es pelear espalda con espalda. Cogiendo, si el otro te falla, no acabás y listo. Pero boxeando, si el otro te deja de garpe, cagaste. Ponele, yo con Roxi me acosté bocha de veces y ni siquiera sé cómo mierda se llama el hijo. Y eso que la mitad de las veces que garchamos, el pendejo estaba al lado nuestro. Pero sí me acuerdo de todos los que me protegieron la espalda. Y sobre todo, de los que me la dieron por atrás.

Estira la mano para agarrar el vaso. Cuando se rescata de que está vacío, hace una seña para la barra. Kike se agacha para buscar algo. El caño de una escopeta asoma.

—¡Ginebra, boludo! —le pega el grito Ferreira—. Ese es mi sobrino más grande. Y el más boludo. ¿Sabés cuántos tengo? Ni yo sé. La mitad del barrio son sobrinos míos. Si mis hermanas no están abriendo la boca para pedirme algo, están abriendo las piernas y así estamos. Pero uno tiene que hacerse cargo de los suyos, ¿no?

Roxi vuelve aparecer y le deja otra ginebra. La mina de musculosa sale esnifando, mientras que con el dedo gordo se acomoda el lápiz de labio y la nariz. El tipo sale al toque. Primero cierra la puerta, después la bragueta. Ferreira tiene los ojos brillosos y, una vez que se van, vuelve a ficharme la cicatriz en la gamba.

—¿Querés sacarle una foto? —digo.

—Seguro que si la noche que perdiste hubieras tenido ese Magnum 41, no te hubieran estropeado.

—Así es como la gente suma años adentro, Ferreira. —Él achina la mirada—. El fierro se usa y se descarta. Y se acabó. Si no, quedás pegado. Encariñarse con un fierro es encariñarse con una reja. Quieras o no, cuando te calzás el chumbo en la cintura, estás poniéndote la primera reja de la celda. Y ya me pasé mucho tiempo guardado. Por eso así me ves ahora. —Me levanto la remera y me palpo la cintura—. Ni una sevillana. No tengo ganas de volver adentro. Pero nadie la quiere entender y me siguen rompiendo los huevos. Ya salí. Ya no estoy en tu mundo, Ferreira.

—Saliste hecho todo un Martín Fierro de la tumba. Me cuesta, pero te puedo llegar a creer que la estés yendo de monje budista. Ahora lo que no te creo una mierda es que no sepas nada. Nadie te está pidiendo que salgas a robar. Pero vos sabés cómo son las cosas. Estés adentro o afuera. Capaz soy yo el que se está expresando mal. —Levanta el índice como si se le hubiera prendido la lamparita—. ¿Me podés mostrar cuáles fueron las otras cicatrices?

—¿Para?

—La puta que te parió, Dogo. Mostrame.

Mientras niego con la cabeza, le marco dos veces debajo del hombro derecho y una vez en el pecho a la derecha.

—Te juro que no entiendo.

—¿El qué?

—Pensé que capaz te habías comido un tiro cerca de la oreja, quedaste medio sordo y por eso es que no estabas escuchando bien.

—Escucho bien, Ferreira.

—Entonces, ¿por qué mierda no podés responderme dónde mierda está el Yunque?

—Me parece que vos y los tuyos son los que no están escuchando bien. Ya les dije que no tengo ni la mínima idea de qué es de la vida del Yunque. La última vez que lo vi, fue para decirle de ir a hacer saltar un garito. Me dejó de garpe, terminé yendo solo y aparte de morfarme cuatro tiros, fui a parar a la sombra. ¿A vos te parece que tengo ganas de verlo?

—No puede ser que nadie lo haya visto —dice al aire—. La mayoría de mis sobrinos no podrían encontrar un preso en una cárcel. Eso no me extraña. Pero pregunté por otros lugares y nadie lo vio. La calle anda escuchando y está empezando a hablar. Y en esa canción no salgo bien parado.

Le pega una trompada a la mesa. El bol de maníes va a parar el piso y el vaso queda de costado, goteando.

—¿Todo bien, jefe? —pregunta una voz atrás. Es Rivera. En la mano, una 9 mm.

—¿Sabés algo del Tótem?

Dice que no con la cabeza y se acomoda en una banqueta.

—Cierto que vos no lo conocés al Tótem —dice Ferreira—. Y mejor que nunca lo hagas. Irusta es chiquito al lado de este vago. Y aparte de los guantes, sabe usar la cabeza. Te encuentra una virgen en un putero. Ayer a la noche me pegó un tubazo y me dijo que tenía una punta de dónde estaba el Yunque. Fue lo último que supe. Y ya tengo los huevos llenos de que la gente desaparezca.

—¿Cuánto te debe? —pregunto.

—Más de lo que puede pagar. Porque aparte de lo que me debe, la calle cada vez habla más fuerte. Ayer fueron dos giles los que me dijeron que no me iban a comprar. Hoy se bajó otro. Y esto no da para más. Ahora la calle va a escuchar lo que tengo para decir. Empezando por vos.

>>Yo no soy como los hermanos Zelaya, sé que no respondés bien a las amenazas. Pero la diferencia es que yo sí cumplo lo que digo. Ojota, capaz fue culpa mía que no te incentivé demasiado para que lo ubicaras. Porque si hay alguien que lo conoce y lo puede encontrar, sos vos. Pelearon espalda con espalda. Esas cosas no se olvidan. Entendeme, Dogo. Cuando el silbato no funciona con el perro, hay que usar la correa. Y cuando eso tampoco funciona, hay que usar el palo. Con vos, ya es la hora del palo.

>>Mi viejo me dejó este metabolismo de mierda —dice palmeándose la buzarda—. Una guerra que nunca voy a ganar y que él tampoco pudo. Me acuerdo de cuando lo fui a despedir al hospital. Habían tenido que juntar dos camas para que pudieran acostarlo. *No salgo de esta*, me dijo. *El morfi es el enemigo número uno de los Ferreira. Y a vos también te va a tocar. Pero sabés qué, hijo, es el único que vamos a tener. Porque de lo demás nos encargamos con esto*, y de abajo de la almohada peló este 38 —dice sacándolo de la sobaquera—. Así como lo ves, hizo más agujeros que un topo. La cuestión es que este tiene seis amigos adentro listos para salir. Solo les falta un nombre. Para mañana a la noche van a estar en una cabeza. El Yunque tiene que traerme una y si no aparece, bueno… van a estar en la tuya. Ya me da igual. Y no sería mala prensa ser el que hizo cagar al famoso Dogo. —Cierra un ojo y me apunta. Puedo ver las balas en el tambor—. Recién dijiste que el fierro en la cintura es la primera reja de la celda… Mirá a tus costados.

Toda su gente deja ver el chumbo. Desde la tumberita del Rasta a la escopeta que Kike apoya sobra la barra. No me había confundido. Este bar era un pozo. En lo que le había pifiado es que todavía no había llegado al fondo. Todavía tenía que seguir cayendo.

—Esta es tu nueva celda, Dogo. Ojota, tenés la libertad de elegir. No siempre la tuviste. ¿Tenés algo para decir?

Me levanto, hago unos pasos y me doy vuelta.

—Muy linda la historia de tu viejo —le digo—, pero vos sabés que no murió en un hospital. Lo mataron de un facazo en un bar por un quilombo de polleras.

—Ya sabés, Dogo. Para mañana a la noche, o lo encontrás al Yunque o te encuentra una bala.

PRIMERA PARTE
MÁS ALLÁ DE LAS REJAS

CAPÍTULO 2

Me voy. Me largan.
Las chicharras suenan y las rejas se van abriendo. Las dejo atrás. Una a una. Latido a latido. Porque, en la cárcel, las chicharras laten por vos. Te dicen qué, cómo y cuándo hacerlo. Vos no tenés corazón. Vos estás muerto.
El día que me guardaron y escuché por primera vez el ruido de esos timbres, me faltó el aire. Pensé que el pulmón derecho todavía no se había recuperado del balazo.
Las pelotas.
Adentro lo que te pide aire no es el pecho. Es la cabeza.
En la tumba no se vive. En la tumba se espera. Se muere todos los putos días, uno detrás del otro. Y cuando el bocho se asfixia, cagaste. No podés pegar un ojo.
A mitad de la noche me despertaba gritando. No eran pesadillas. Era algo peor. Algo que existía: recuerdos. Cagadas.
Para no tumbear, empezás a pensar en otra cosa. Pero no hay mucho más. El otro lado de la moneda es lo que perdiste, lo que no vas a tener. La furia de los días perdidos te empieza a llenar la marola.
Y la chicharra sigue latiendo por vos.

Porque vos estás muerto y solo, y el afuera te queda cada vez más lejos.

Robarla es difícil. Una visita te puede salvar una tarde. Pero cuando se van, la celda se te hace más chica. Y ni te cuento cuando no dan más la cara, cuando tu jermu pasa a ser la traidora.

Ese dolor se quema con rabia. La misma rabia que te llevó ahí, que te quiere dejar ahí, que te da cuerda y te ata más todavía. O la sacás o te pudrís. Y la más fácil es pudrirte. Las manchas son tatuajes en la piel. Te hacés los cincos puntos, pensás en el que te cagó. O salís desesperado a recuperar el tiempo perdido. Querés tomarte lo que no pudiste. Ver a los que no pudiste. Cogerte a las que no pudiste. Pero no tenés la teca. Y sabés cómo tenerla. Cambiás en la mano reja por chumbo y chumbo por reja.

Perdiste.

Te engayolás vos solo. Un tumbero, un carne de reja para el que la cárcel tiene puerta giratoria. Una libertad que nació muerta, que se va antes de llegar.

Y la chicharra sigue latiendo.

Y yo… yo me conocía, a mí y a mi rabia. La conocía desde la primera vez que cerré la mano y armé un guante, desde la primera vez que apreté el gatillo. Desde que me cegó. Sabía que tarde o temprano me iba a matar, y que solo iba a dejarme cuando el perro estuviera muerto.

Y me despertaba y gritaba.

Los recuerdos seguían ahí. Mucha cicatriz hecha medalla. Mucho casquillo dando chapa. Con ese prontuario, no era difícil imaginarse el final. Pude verme en un charco de sangre. En otra celda, en otro lugar, con los huesos podridos y una pared llena de rayas.

Supe qué tenía que hacer. Colgar los guantes antes de que ellos me colgaran.

Maté a la rabia antes de que me matara.

Y se complicó. Porque me buscaron. Sabían quién era, escucharon los que andaban jeteando y querían probarlo. Yo no tengo que probarle nada a nadie.

Salvo a mí mismo.

Que hablen y gasten saliva. Yo me quedé *muzzarela*. Me gasté la garganta gritando al pedo. Yo no era el que tenía que hacerlo.

Así que esperé el grito. Y el grito llegó.

El grito que dice que llegó mi libertad.

Dejo la última reja atrás. La chicharra agoniza. El latido se hace débil a medida que me alejo. Me doy vuelta y veo cómo el portón de la cárcel termina de cerrarse. El ruido del metal chocando. La última vez, la puta madre. La última vez que lo voy a escuchar, me juro.

Adentro queda lo peor de mí.

La chicharra se muere.

Y yo vivo.

CAPÍTULO 3

Nadie me espera del otro lado.

Arranco a patear por el costado de la ruta. El sol pega lindo. No me acuerdo de cuándo fue la última vez que caminé cien metros en línea recta, y me gusta. Quiero correr, pero tengo los músculos dormidos. Me siento dopado. La libertad es una droga que entra poco a poco.

Llego al cartel que no alcanzaba a leer desde el patio de la tumba. Tiene el nombre de una ciudad a la que no voy a ir, aunque, si quiero, puedo hacerlo.

Debajo de lo que queda de una parada de colectivos, un grupo de personas tratando de ganar hasta el último gramo de sombra. Un par de chicos juegan a la pelota con una botella de plástico. *Pasala. Dámela. Sos un morfón.* Voces chillonas que me suenan lejanas, como si no hablaran el mismo idioma.

Cuatro años, pienso, y la libertad sigue entrando.

Las mujeres son tres. El instinto busca piel, pero encuentra polleras largas, poleras y, en la cabeza, dos van de pañuelo y una de sombrero de paja.

—¿Me podrían decir la hora? —pregunto.

La del sombrero me mira. Aprieta las bolsas que cuelgan de sus manos y le dice algo por lo bajo a las demás. Levantan campamento y se van al otro lado de la parada.

—Once y veinte —dice uno de los pibes, reloj en muñeca, botella en sus pies.

Le digo gracias y su *de nada* se pierde en una puteada cuando otro aprovecha el descuido y le roba la pelota.

—Vengan para acá —llama la del sombrero a los pibes.

—Pero ahí está lleno de pozos, no se puede jugar.

—¡Te dije que vengas para acá!

Quedan al rayo de sol y las sombras son todas para mí.

No pasa nada, me digo. *No pasa nada.*

—Aprovéchenla ustedes —les digo—. Yo ya estuve mucho tiempo a la sombra.

Pateo unos metros y recién cuando me siento en la tierra, vuelven al lugar en el que estaban. El pelo me hierve. Una camioneta frena en la banquina. Y la libertad, ahora, son las dos gambas que se asoman. Una mina se baja del asiento de acompañante. Pollera corta, lo suficiente para que se asome un poco de celulitis que la diferencia de las que estoy acostumbrado a ver. Es una mina que no está impresa. No se parece en nada a las de las revistas que empapelaban las paredes. No tiene su físico. Ni sus siliconas. Esta es mejor. Esta es real. Y mejor que todo eso, no sabe de dónde salí.

El colectivo aparece a lo lejos. Por la pinta que tiene no sé si va a llegar hasta la parada. Le cuesta, aunque lo hace. Pienso en las posibilidades que me esperan si puedo mantenerme al margen de todo. Es difícil, pero si ese bondi destartalado puede hacer los cuatrocientos kilómetros que me separan de mi barrio, yo también puedo hacerlo.

Por la ventanilla, veo cómo la cárcel termina de desaparecer. Es la última vez que miro para atrás. Adelante me espera el otro lado de la libertad, el de las decisiones. Y sé que no me va a alcanzar con saber qué *no* tengo que hacer.

El bondi me deja en la única luz de la cuadra que no bajaron a piedrazos.

Quisiera decir que no sé por qué vuelvo. Pero estaría mintiendo.

Lo de ocupar el bocho también corre acá afuera, así que saco el papel del bolsillo para no perderme en el naufragio en mi cabeza. Miro la dirección una vez más y arranco a patear. Media cuadra después me rescato de que estoy relojeando a mis espaldas.

Allá no hay nada, me digo. *Allá no hay nada*, me repito.

Y apuro el paso. Es hora de ver qué me está esperando más allá de las sombras.

CAPÍTULO 4

La camisa Polo abierta deja ver más pelo en el pecho que en la cabeza. Con el índice, Guzmán se baja los lentes de sol.

—¿Quién decís que sos?

Le digo mi nombre. Como no funciona, agrego *El primo del Chapu*.

—Ahhh. El Dogo, boludo. —Me estira algo que, más que mano, parece garra—. Vení, seguime.

Bajamos la rampa por el costado. Un Renault 12 sube de la otra mano. Se arrastra, le cuesta como si estuviera subiendo una montaña. Abajo, hileras de coches entre columnas, manchas de aceite en el piso y una humedad de las que te hace recordar cada hueso roto.

—¿Cuándo saliste?

—Ayer.

—¿Y qué tal? ¿Cómo pasaste tu primera noche afuera?

—Matando cucarachas y mosquitos en una pensión. La Isla creo que se llama. Acá a tres cuadras.

—Sí. La Isla. La regentea el viejo Dorta. Amigo. Mejoró igual. Antes tenías que agregar ratas a la cacería. No es el Costa Galana, pero mejor que una celda, ¿no?

—Cualquier cosa es mejor que una celda.

—Esa es la actitud. —Llegamos a la garita de pago. Lo que parece esmerilado es mugre. Chomba a rayas, un tipo con la cabeza apoyada en la mano "lee" la contratapa del diario *Crónica*: una chica entangada, diez gramos de ropa, cincuenta de maquillaje—. Veo que te estás informando.

—Quiere llegar a las tablas.

—Esa está más cerca del tablón —le digo.

—Es de Platense, no creo que le guste mucho el fútbol.

—Se van a llevar bien ustedes dos. Jorge, Dogo. Dogo, Jorge.

Dudo en estrecharle la mano que sale de abajo del escritorio, pero finalmente lo hago.

—Se va a encargar del turno de la tarde —le dice el jefe—. Le termino de contar cómo es la movida y después te lo traigo para que le saqués cualquier duda.

Sin soltarse la cabeza, el tipo asiente y vuelve a su lectura. Nosotros seguimos avanzando entre los coches.

—Tu primo no te mandó con buenas referencias. Entre nosotros, me dijo que no ponía ni una uña en el fuego por vos. Lo que él se olvida es que, cuando yo le di laburo, lo mismo decían de él. Y ahora fijate, alquila una casita, tiene una familia hermosa. —Me hace señas para que nos sentemos encima del capó de un Escort al que le faltan las llantas—.

\>>Pensar que cuando lo conocí tenía los brazos con más picaduras que un negro de Angola. *Yo te voy a sacar*, le dije. Pero las juntas son las juntas. Se la pasaba todo el día con el Sopa. Ninguna de los dos daba pie con bola. Hasta que un día, tu primo me llama llorando. *El Sopa*, me dice. Llegué un toque antes que la ambulancia, pero no había nada que hacer. Tenía dos jeringas en un brazo y una más en el otro. Cuando lo moví, parecía que sacudía una maraca. *No quiero terminar así*, me dijo tu primo. *Ayudame*. Me lo traje para casa. Le di laburo y, desde ahí, no se la puso más. A veces uno tiene que asomarse a la muerte para rescatarse. Y espero que con vos pase lo mismo. Cuatro años en la tumba no es moco de pavo.

—Escuchame, Guzmán.

—Decime Rubén.

—Rubén, lo único que pienso cuidar mejor que este trabajo es mi libertad.

—Me alegra que sea así. —Empieza a caminar para la garita—. Ahora pasando al lado más frío del negocio. Acá no se entra ni un minuto tarde. No se fuma, no se escabia, ni quiero ver a ninguno de tus amigos dando vueltas. Te sugiero que vos tampoco los veas. Las juntas te llevan al fondo. La disciplina es la clave. Y después de años de seguir órdenes ya debés estar acostumbrado.

Le digo que sí con la cabeza.

—A vos ya la muerte te rodeó varias veces, así que no creo que funcione como lo hizo con tu primo. Capaz te ayude pensar que esta es tu segunda y última oportunidad. A los tipos como vos es difícil que les den una, y yo te la estoy dando. A la primera de cambio que vea que estás haciendo alguna rara, traigo a la gorra. ¿Queda claro?

—Como el agua.

Vuelve a estrecharme la mano. Esta vez el apretón es más fuerte.

—No me fallés, Dogo. Recién te conozco, pero no me cabe duda de que vas camino a ser mi criminal favorito. Y quién te dice… Algún día quizás le podemos poner el *ex* adelante.

Recién cuando se va, dejo de apretar los dientes.

La parte más difícil del trabajo es cuando llega la hora de irse. Dejar la seguridad que hay ahí adentro, de saber que estaba haciendo algo y no tenía que pensar en nada más. Cambio la oscuridad del sótano por la de la noche y enfilo para La Isla.

El cuarto de la pensión, el *bunker* donde me refugio contra el pasado. Los días se apilan como cucarachas contra un rincón. A veces bajo y voy al *hall* a ver la tele con la gente de ahí, nos enchufamos con un partido y compartimos una puteada. De eso no pasa.

En el laburo, soy una mano. Me garpan, les doy el ticket y ahí se acabó. Algún *buenos días* llega de rebote. El resto es el carraspeo de un motor alejándose. Al segundo, es como si nada hubiera pasado. Las que sí me acuerdo son las veces que di otro tipo de mano y no de la forma que estaba acostumbrado.

La primera de esas veces, estaba en la casilla cuando escuché el golpe. Me fui guiando por gritos de *concha de tu madre* hasta llegar a un flaco que tironeaba la puerta de un Duna. *Me quedó la llave adentro*, me dijo. *Así no lo vas a abrir*, le dije. *Vas a tener que llamar al seguro o a un cerrajero. Ni en pedo. Un domingo sabés lo que me van a cobrar.* Y después siguió puteando, frenando solamente para comentarme que iba a llegar tardísimo a comer con la vieja. *Yo te puedo ayudar.* El flaco me invitó a que hiciera mi magia. En un cajón de la casilla rescaté un alambre y lo doblé en forma de anzuelo. Le saqué los burletes a la puerta de atrás y con el alambre pesqué el seguro. Clic. *Listo*, le dije. ¿Dónde aprendiste eso? *Me lo enseñó un amigo*, le dije. Me dio las gracias en cien idiomas antes de irse y dejarme solo, pensando en el Yunque.

Unos días después, una morocha me pidió si le hacía la gamba de guardarle la bici. La ubicamos en un rincón para que no jodiera, ni la bici ni Guzmán. *Muchas gracias*, me dijo y se presentó como Lucía. Cuando le dije *Mariano*, sentí que le estaba mintiendo. Desde la escuela que no me presentaba con ese nombre. Para todo el mundo era Dogo.

—Un gusto, Mariano —dijo.

Y sentí que le hablaban a otra persona. A una que quería ser.

Siempre me pagaba con una sonrisa. Una sonrisa que me llevaba a la de ella.

Las dos veces la alegría se consumió porque sabía que mis recuerdos no eran madera muerta, sino brasas esperando el mínimo viento para volver a arder y consumirme.

Cuando llega la noche, sé que de tanto maquinar se me va a quemar el rancho. Necesito un cable a tierra y en la pensión no está. Así que encaro para mi otra vida, sin saber qué voy a encontrar. Ni qué tan caro me va a salir.

CAPÍTULO 5

Nunca fuimos cercanos. Dos tipos más unidos por la sangre que riega las calles que patean que por la que llevan en las venas.

Mi primo se ganaba la vida vendiendo datos. De un garito al otro. Se peinaba un tiro en la mochila de un inodoro y paraba la antena para ver qué enganchaba. El Chapu usaba la oreja para usar la nariz. Y después venía y me batía la posta.

Va a entrar guita en la joyería.

La chancha viene engordada esta vuelta.

Escuché que los Zelaya te están buscando. Y esta vez con fierros.

Y yo le daba las gracias y unos mangos. Le robaba un cacho de futuro por un poco de presente, por un poco de paz que encontraba en la blanca y después en la aguja, la paz de irse del acá y ahora, y no ver cómo todos nos íbamos a la mierda. El futuro nunca nos importó; nunca pensamos que iba a llegar.

Pero llegó, y a él lo encuentra en una casa que, si no fuera por la luz que sale de adentro, pensaría que está abandonada. La reja con la pintura casi toda saltada, frente de cemento y matas de pasto amarillo en una especie de jardín.

Toco el timbre una vez. No suena. Vuelvo a intentar. Estoy por probar aplaudiendo cuando escucho ruido de llaves. El Chapu sale, se hace visera con las manos. Recién al acercarse me reconoce. Espero una sonrisa. Me da una pregunta.

—¿Qué hacés acá?

—De visita.

Diferentes voces llegan desde la casa y acolchonan su silencio. Estira el cogote y mira para los costados.

—Metete.

Adentro el ambiente está caldeado. Las hojas de un almanaque bailan encima de una estufa. Las voces eran de la tele. Un accidente en la ruta. Dos muertos, tres heridos.

—Aguantame acá —dice y se pierde detrás de una puerta de acordeón.

Me siento en la mesa. En el mantel de hule, controles remotos enfundados. Sobre la tele, dos virgencitas del tiempo de diferentes colores. Ostras, recuerdo de Mar del Plata y Santa Teresita. Una taza deforme de cerámica llena de lápices. En la biblioteca no entra ni una página más. Varios lomos tapados por fotos. Ese exceso me sobrepasa y choca contra las imágenes de mi primo en una pieza con un colchón y paredes descascaradas, cajas de pizzas vacías, jeringas y bolsitas de *nylon* abiertas, tiradas en el suelo como casquillos después de una batalla.

Vuelvo a ver las fotos en la biblioteca. Reconozco una. Al menos la mitad que se ve. De mi primo y yo abrazados en la canchita, solo queda él. Quiero levantarme a ver si la foto está doblada o cortada, pero no termino de despegar los brazos del mantel cuando la puerta de acordeón vuelve a abrirse.

—No tengo más que esto —dice, y deja unos cuantos billetes de cien sobre la mesa.

—No vengo por eso.

—Dale, boludo. Agarrá y rajá antes de que me arrepienta.

—En serio, chabón —digo—. Guardá la teca.

Me mira desconfiado y puedo ver la factura que le pasó el tiempo. La cara huesuda, cicatrices y arrugas unidas unas con otras. Guiña el ojo derecho dos veces. El brazo estirado que ofrece los billetes tiene manchas blancas, cascaritas arrancadas en urgencias, buscando venas escondidas que ahora sobresalen, entregándose, redoblándole la apuesta, o como *souvenir* para mostrarles que todavía están vivas.

—Guardá eso, Chapu.

No guiña el ojo. El ojo se guiña solo en un tic. Inspira y larga el aire por la boca, mientras se sienta y cierra en abanico los billetes, antes de mandárselos al bolsillo. Ahí llega la sonrisa o algo parecido.

—¿Por qué viniste entonces?

—A saludar. Y agradecerte por el laburo.

—Pensé que no ibas a ir —dice sorprendido—. ¿Cuándo saliste?

—Hace once días.

Mira el reloj en la pared.

—¿Mate o café? —Se para y se pone a llenar la pava.

—Una birra estaría mejor.

De espalda, niega con la cabeza hundida entre los hombros.

—Unos mates entonces.

Pone la pava al fuego.

—Y, ¿cómo fue salir?

—Siento que todavía estoy saliendo. ¿Y vos?

—En la misma. Solo que te llevo mil doscientos ochenta días. No los tacho en la pared, pero los llevó acá. —Se señala la cabeza—. Es la única manera de ver que te alejás de eso.

Se pasa primero una mano a lo largo del brazo, como si remangara la piel, y después hace lo mismo en el otro. Otro tic.

—Me levanto y mi único objetivo es acostarme sumándole un día más. Sé que nunca voy a llegar a un número tan grande de nuevo. Es más, si vuelvo a cero, no creo que vuelva a llegar a los dos dígitos. Un día a la vez. Esa es la única manera.

El agua hirviendo lo interrumpe.

—¿Dulces o amargos?

—Dulces.

—El mate dulce no es mate —dice.

—Entonces, ¿para qué preguntás?

Vuelve con una bandeja; termo, y asomando, la azucarera. En la tele, una publicidad de Quilmes. La pone en *mute*. Toma el primer mate y me ceba uno.

—¿Fuiste a verla?

—¿A quién?

—¿Cómo a quién?

Se da dos saques en el pliegue del brazo, como si estuviera buscándose una vena, pero está hablando de algo más adictivo que la heroína. Los dos tenemos cicatrices de esas épocas en el mismo lugar. Él y sus puntos blancos. Yo, un tatuaje, un nombre: Lara.

—No. No la vi —digo repasando con el dedo las letras negras.

—¿Para qué volviste entonces? —Levanto los hombros—. ¿Hace cuánto que no la ves?

—Ni bien me guardaron iba seguido a verme, pero después de unos meses la cortó. Que no tenía plata para hacer el viaje, que no le hacía bien verme. Y me la comí doblada. Hará cosa de un año y un par de meses, volvió a asomar. *No aguantaba estar lejos de vos,* dijo. Vino tres, cuatro veces. Y un día cayó y me contó que ya no podía seguir haciendo eso. No la vi más. —Entre mis manos, el mate olvidado. Le doy unos sorbos y se lo devuelvo—. ¿Vos la viste?

—Hará cosa de un año y medio. Un poco más capaz. Estaba con… —dice y se frena—. Estaba con una amiga. María. Marina. Algo así. Andaban por el bar del Chueco.

—¿Te preguntó por mí?

—Ni me vio. El que sí preguntó por vos fue el Yunque. ¿Lo viste?

—Sos al primero que veo.

—Anda por derecha. Haciendo changas, pero por derecha.

—Bien por él.

—Viste que hay gente que siempre está diciendo: *Yo lo vi pelear a Monzón, o lo vi a jugar al Diego.* Cada vez que me cruzo con alguno de los del barrio, me dicen *cómo repartían el Dogo y el Yunque.* Y arrancan a contar que te vieron cuando surtieron a tal o cual. Hasta a veces me nombran algunas que ni sé si existieron posta. El otro día uno habló de cuando boxearon a un tal Keegan. ¿Vos te acordás de él?

Largo una especie de bufido.

—Keegan. Un hijo de puta ese. Decía que era irlandés. Ni el whisky que viene acá es irlandés. Terrible bocón. Rancheaba en el bar de Luján. Decía que su sangre irlandesa era un amuleto de la suerte y robaba con eso. Andaba con un 38 y desafiaba a la gente. Ponía una bala en el tambor y por una guita el chabón se gatillaba en la cabeza. Es fácil engañar a un borracho. A veces por una guita importante lo cargaba con más balas. Cuestión que estábamos con el Yunque tratando de hablar de un bardo y había un quilombo terrible porque estaba lleno de gente para ver el show del tipo este. Aquel se ortivó mal y le sacó el fierro. Le llenó el tambor y se gatilló la bocha. El percutor no andaba. Los borrachos no entendían una goma. *A ver cómo funciona tu sangre irlandesa con esta*, y le pasó la 45 de él. Keegan miró a la gente que quería boxearlo y agarró el fierro. Contra las cuerdas no tuvo mejor idea que, en vez de apuntarse a la cabeza, apuntar a la de Yunque. Y gatilló. Linda sorpresa se llevó cuando se rescató de que no estaba cargada. Para cuando quiso salir corriendo, el Yunque lo cazó del cuello y le martilló todos los dientes con la culata. Lo dejó estropeado en el piso. Suerte tuvo al final. Yeso y cuello ortopédico, también. Me acuerdo de que el Yunque se sentó en la mesa y colgó mirando la sangre en la culata. *¿Vos la ves diferente? Para mí todas las sangres son iguales*, dijo.

Para cuando termino la historia, tengo una sonrisa en la cara que me apuro a borrar.

—No la sabía esa. El Yunque estaba igual de loco que vos.
—Y cambiando la voz pregunta—. ¿A él tampoco pensás ir a verlo?

—Estoy tratando de hacer las cosas bien. Si voy al barrio, termino en el otro barrio.

Asiente en silencio. Se ceba un mate y se cuelga viendo cómo sale el humo.

—No te das una idea lo que extraño una birra —me dice—. A veces cuando voy al súper me dan ganas de comprarme aunque sea una latita. Pero sé que ese es el primer paso.

—Una lata no te va a hacer nada.

—No. Pero son las pequeñas decisiones las que nos terminan costando caro. Nadie dice *Hoy me voy a tomar un cordón de merca*. Nah. Estás ahí, y decís *un tiro no me va a hacer nada*. Y mañana son dos. Y pasado una bolsa. Y después algo un poco más fuerte. Cuando te querés dar cuenta, te estás buscando una vena sana, que es lo único que te queda porque remataste todo lo que tenías por un mogra más. —Vuelve a cebar otro mate y me lo pasa—. Entonces cuando me paro frente a la heladera, digo *una birra no es nada*. Le pierdo el respeto, y ya sabés cómo terminás. Las pequeñas decisiones son las que importan. Mil pasos en la dirección correcta se van a la mierda por medio paso apuntando para el lado equivocado.

Sus tics vuelven. Primero el ojo. Después los brazos. Levanta la cabeza y me mira.

—Tengo que mantenerme en movimiento —dice y con los dedos empieza a seguir el contorno de las flores en el mantel—. Si me quedo quieto, me agarran. Lo mismo que los bardos en la cabeza.

—¿Por qué te pensás que estoy acá? Si me quedo en la pensión, estoy dándome manija. Ya sé. Salí. No estoy muerto, pero la posta es que me falta mucho para sentirme vivo. Y sos el único que podía ver sin que me costara un ojo de la cara o mi libertad.

—Libertad —dice y larga una risa ahogada—. Las peores cadenas son las que no se ven, primo.

Se para y se acerca a la biblioteca.

—Vos viste cuántas veces quise largar la aguja. Y el problema siempre era el mismo. Cuando me acostaba, me daba cuenta de que no tenía nada. Es fácil largarla, pero lo jodido es encontrar algo con que llenar ese vacío.

Acaricia una foto de la biblioteca. Su familia. Vanina, la novia que siempre lo aguantó, la madre de Carla, su única hija. Su altar de fotos, la cura de su insomnio, y pienso en el álbum familiar de la cárcel. Las chicas pegadas a las que rezábamos en silencio y con las manos, para que la paja nos tumbara y pudiéramos dormir.

—Sé que todo hombre —dice— un día se va a acostar y ahí se da cuenta de quién es en realidad. Ya no puede empezar de cero y por mucho que quiera no lo va a poder cambiar. Por eso sigo contando, para cuando llegue esa noche, me dé cuenta de que soy este. Todavía me pasa que hay veces en que no puedo pegar un ojo. Más de una vez me dan ganas de salir y ponérmela, de comprarme una bolsa y que se vaya todo a la puta madre. Sé que esa mierda me va a seguir por siempre. Y ella es lo que me hace frenar. —Señala una foto de Vanina—. A veces lo que único que un hombre necesita es una buena mina a su lado.

Vuelve y se sienta. Agarra el mate, pero en vez de cebar mira el reloj.

—Ya está por llegar… — dice y deja que lo que no dice hable por él.

—¿Todavía no me quiere?

—A nadie que estuviera en esos días.

—Aguantame unos mates más.

Resopla, pero me pasa uno. Está lavado.

—¿Seguro que no precisás guita? —La vuelve a poner sobre la mesa. La puerta abriéndose le gana de mano a mi respuesta y él se apura a guardar la plata.

Vanina se sorprende al verme. Estira la cara y los párpados se abren de par en par. Conozco esa expresión. La misma que ponía cada vez que nos encontraba discutiendo un robo, con los fierros encima de la mesa y un plato con una tarjeta de crédito. Acto seguido, se tiraba para atrás y pedía disculpas antes de irse. Ahora no. Ahora el paso es para adelante. Ahora el Chapu es su familia. No la mía.

—Dogo —dice, como quien dice una puteada. Tiene las manos llenas de bolsas y mi primo se apura a ayudarla. Atrás aparece Carla. Se asusta al verme y busca refugio detrás de las piernas de su mamá. Se asoma un poco y cuando la saludo, vuelve a esconderse.

—Ya se estaba yendo —dice el Chapu.

—Yo lo acompaño —dice Vanina. Las diez baldosas parecen cien cuando llegamos a la reja—. No me interesa lo que estés haciendo. Es tu vida. Esta es la nuestra y estamos bien. Quiero que siga así. Y sé lo que pasa cuando vos andás cerca.

—Ya no ando en esa.

—Te dije que no me importaba. Si te llego a ver de vuelta por acá, voy a decirle a la cana lo que haga falta para que vuelvas adentro. Tengo memoria. Me acuerdo de dónde descartaron los fierros y cuándo los usaron.

—No va a hacer falta —le digo.

—Si vos me jodés, yo voy a joderte.

—Cuidalo —le digo y arranco a patear sin rumbo.

Lo único que tengo es el pasado y es al único lugar al que no puedo ir.

CAPÍTULO 6

—Nadie me dice Lucía —me cuenta la chica de la bicicleta mientras, invitación mediante, estamos en un bar—. Los que me conocen me dicen Ocki.

Se escribe *occi*, agrega. Y significa "ojos" en italiano. Su abuela le puso así porque desde chiquita tenía los ojos grandes.

—La extraño —me dice—. Ella se quedó allá en Bahía con mis viejos.

Ocki habla y yo escucho. No tengo nada que decir, nada que no la ahuyente. Y su monólogo cansa, pero tiene linda voz. Cualquier cosa con tal de no volver a la pensión.

—¿Estuviste alguna vez en Bahía?

—Nunca salí del barrio —digo. Es lo más parecido a una verdad en lo que va de charla.

Me cuenta que tengo que ir. Me habla de su casa y hasta del árbol genealógico de sus perros. La soledad hace a la gente hablar y mucho. Y también hace que uno se quede escuchando.

Tiene una sonrisa linda, sin encías, y eso me tranquiliza. Me gusta que siempre use como punto final esa sonrisa.

—Contame algo.

Y busco qué contar, como quien busca una moneda salvadora al fondo del bolsillo para llegar a pagar el bondi. Con lo que encuentro me tendría que volver a pata. Gano tiempo llamando al mozo. En la billetera no encuentro mucho más, pero alcanza para una birra y algo para ella. Se pide un Cielito Lindo.

—Tiene nombre de telo —le digo y ella se ríe.

—Es un trago —dice—. Con *blue curaçao*, vodka y piña colada. Ahora te doy para que degustes.

Me la deja picando. Y virgueo. Escondo el pie y ella vuelve a hablar. Estudia para contadora y trabaja en un estudio. Su *hobby* es ir al cine. Y me pregunta cuál es mi película favorita. *Duro de matar*, le digo. Me dice que nunca la vio. Y agrega que la suya es *Titanic*, que la conmovió. Le digo que estamos iguales. Que yo tampoco la vi.

—¿Cómo no la viste? Todo el mundo la vio.

Y me dan ganas de decirle que en la cárcel no hay cine, pero me callo. Y Ocki... Ocki habla.

—Igual te estaba jodiendo. Es pésima esa película. Si te gusta Bruce Willis, podemos ir a ver una de él que está en el cine. *El Chacal* me parece que se llama.

—Puede ser.

Usa palabras raras. Degustar. *Hobby*. Conmovió. Palabras que *ella* nunca usaría, y hacen que la charla me suene más lejana. El lugar también me hace sentir raro, no es de los que estoy acostumbrado. El encargado no guarda ningún fierro debajo de la barra y en las teles no están ni los burros ni los partidos de fútbol. La última vez que entré a un bar así fue para robarlo. El tipo levantaba la quiniela además de venderte Cielitos Lindos, así que tenía un buen toco en la caja. No recuerdo cuánto nos llevamos. Lo que sí recuerdo fue que el Yunque antes de irse le birló dos medialunas a un gordo que estaba desayunando. *No me mires así, te estoy haciendo un favor*, le dijo.

—¿De qué te reís? —me dice.

—Me acordé de una parte de *Duro de matar*.

—Contámela —dice y abre su sonrisa sin encías.

—No. No te voy a cagar la película. Mirala.

Hace puchero y deja de hacerlo cuando nos traen el escabio. Me da para probar su trago. *Rico*, digo, pero apuro a borrarme ese gusto a mierda con la birra. El silencio no dura mucho. Vuelve a hablar. Me pregunto cómo se dirá *lengua* en italiano, porque así tendrían que decirle. O como se dirá *tetas*, porque los ojos no son lo único que tiene grande así que me quedo y escucho.

Cuando se va al baño, me doy cuenta de que el bar está más lleno. Una especie de pánico me ataca. La guardia baja, pienso. ¿Desde cuándo, Dogo? Miro las caras, pero no reconozco a nadie. Sé que es difícil; mis conocidos no frecuentan estos lugares. Contra la pared, una chica de unos veinticinco, sola, leyendo. De vez en cuando mira. Una pareja de viejos come al lado nuestro. Más allá, otra de pendejos habla agarrados de la mano.

Estoy solo. Estoy caliente. Estoy desesperado.

Y Ocki vuelve. Y Ocki habla.

Y me quiero ir con ella. Me quiero ir con ella para no estar solo. Para no pensar por media hora. Pero ella se toma su trago, sonríe y habla. Le miro las tetas que un escote tímido no puede tapar. Quiero cogérmela, quiero que me abrace. Quiero que me diga que toda va a estar bien. Que me mienta por un rato. Mentirme por un rato. Ella se toma su tiempo. Habla y habla. Me cuenta cosas de la facultad. Yo no puedo contarle nada. Quiero irme. El resto del bar sigue en su burbuja. Los viejos, los pendejos, la mina leyendo. Ocki toma despacio su trago. Tengo sed. Me bajo la cerveza. Me quiero tomar otra. Y lo hago, me suelto. No sé si el alcohol me aleja o me acerca a lo que soy. Quiero pedir otra. Y que mi pasado salga, estar tan escabiado que no me importe nada. Quiero estar de cualquier otra forma pero no así. Una palabra me saca de mi cabeza, una que se repite, una voz lejana como si hablara debajo del agua.

—Mariano. Ey, ¿dónde andabas, Mariano?

—Disculpá —le digo y trato de armar una sonrisa que ella devuelve. Le sale mejor. La de ella es linda. Es más linda que la de *ella*. Pero no es la de *ella*—. ¿Te parece si vamos yendo? —Ocki señala la mitad del trago que le queda.

—¿Ya te aburriste? —pregunta, triste.

—Para nada.

Suben la música. Aprovecho y me acerco. Los ojos. Los Ocki. Las tetas. La boca. Quiero todo eso. Por más que no sean los de *ella*. Y una voz que conozco y no es la suya se escucha a mis espaldas.

—Al fin te encuentro —dice Guzmán. Caza una silla de la mesa de al lado y se sienta con nosotros, el pecho contra el respaldo—. Mañana a la matina Jorge no va a venir, y necesito que lo cubras. —Resopla y se sacude la remera—. Me hiciste transpirar. Seguís siendo un tipo difícil de encontrar.

Te quedó la costumbre, ¿no? —Ocki hace honor a su apodo y abre los ojos bien grandes—. ¿Cómo? ¿No le contaste nada? Eso está mal. No hay que ocultar lo que uno es, aceptar los errores para cambiarlos. Un gusto, Guzmán —le dice y le da la mano—. Acá nuestro amigo en común estuvo en cana hasta hace poco.

Ocki se echa para atrás.

—Tendrías que haberle dicho —dice Guzmán—. Se lo merece. Fueron nuestros impuestos los que te pagaron la casa y la comida. Quiero creer que ahora por lo menos le estás pagando los tragos.

Le digo que sí. Tengo el porrón de cerveza agarrado por el cuello. Está al alcance. El pelo no vuelve a crecer en las cicatrices. No le va a importar. Ya está pelado.

Y ella… ella ya no habla. Sin despedirse, se va mientras todo el bar la mira.

—La verdad, Dogui. La verdad siempre —dice Guzmán y se sienta donde estaba ella. Tengo la mano agarrotada de tanto apretar el porrón. Cierro los ojos. Cuento hasta diez, pero la rabia sigue ahí.

Una vez el Yunque me dijo que con eso no alcanzaba. Que los tipos como nosotros teníamos que contar hasta cien. *Pero, ¿sabés qué? Los tipos como nosotros no nos podemos dar el lujo de contar. Si lo hacemos, no la contamos. Nosotros actuamos y punto. Después vemos qué factura tenemos que garpar.*

Guzmán sonríe y agarra el trago que dejó ella. Toma y pone cara de asco.

—Dogui, no podés salir con una mina que tome esta mierda. —Me guiña un ojo—. Así que ya sabés, te espero mañana temprano.

Antes de irse se remata el Cielito Lindo y se despide dándome una palmada en la espalda. Todos me miran. Tengo ganas de putearlos. De partirle la cabeza con una silla al viejo que me mira como si fuera un paria y que su mujer le junte la dentadura del piso. Que el pendejo que está meta ficharme descubra lo que duele que te rompan la nariz. Y me los imagino a los dos siendo cuidados por sus minas y eso me da más bronca. Y me hace sentir más miserable. Suelto la botella. Tengo que dejarme ir.

Afuera me desayuno con que la bici de Ocki sigue atada en el poste de luz. Alguien chista a mis espaldas.

—Mariano —dice ella, que se despega de la pared y se acerca.

—Mirá, te pido disculpas o lo que sea. Pero no quiero hablar.

—¿Disculpas por qué?

—Por lo que escuchaste.

—Yo solo escuché que laburás en un estacionamiento. Y que mañana tenés que trabajar temprano, así que mejor que nos vayamos a dormir.

Antes de irse, me regala otra sonrisa. Una sonrisa que, como todas y por más que trate de evitarlo, me lleva a ella.

CAPÍTULO 7

Tenía que pasar.

Había salido del laburo y me había ido al bar para esperar a Ocki. No termino de darle el primer sorbo a la birra cuando un cacho del pasado me encuentra: el Lepra.

Está en la barra, charlando con el barman. El pelo como el Loco Lope, la viruela y las cicatrices le dejaron la cara como un pozo. Encima de las cejas tiene dos cortes nuevos. Los otros cinco ya estaban la última vez que lo vi.

—¿Dogo? —dice, y se para fichándome—. ¿Dogo? ¿Sos vos?

Miro para otro lado. Trato de esconderme. Si en vez de un porrón de cerveza hubiera tenido una de un litro, no me habría visto. Si hubiera tenido plata, habría tenido una. El Lepra se acerca, achina los ojos.

—Concha de la lora —dice—. Dogo, viejo y peludo, ¿qué hacés, chabón?

Armo una sonrisa y me paro. Me abraza y me da varias palmadas en la espalda.

—El otro día le pregunté al Tote por vos y me dijo que seguías guardado. ¿Cuándo saliste, chabón?

—Hará cosa de un mes.

Acerca la jeta y por lo bajo me pregunta si me escapé.

—Buena conducta —le digo.

—Dale, en serio. ¿Con quién tranzaste para que te largaran antes?

—Conmigo mismo.

—¿No me digas que te hiciste evangelista?

—Si hubiera estado con los evangelistas, no me hubieran largado por buena conducta.

Se da vuelta, sonrisa en los labios, y le hace una seña al barman. Se frota las manos y aplaude. Un pibe con un chiche nuevo. El mozo deja una Quilmes y el Lepra me llena el vaso y se sirve uno para él.

—Por la libertad —dice, y brindamos—. Qué bueno verte afuera, Dogo. Cómo se te extrañaba. —Relojea para los costados y arrima más la silla—. No me olvido más del quilombo de la canchita con los Zelaya. Ganaron por *knock-out* ese día. Y ellos por puntos. El Walter terminó comiéndose doce puntos en la boca y el Rolo tenía como veinte en la ceja. Yo llegué cuando ya había terminado todo. El viejo Cayetano me dijo que no veía un *knock-out* así desde las peleas de Monzón. Me quería cortar las bolas. Y eso que lo vi pasar corriendo a Santi y me dijo que había bardo, pero yo estaba haciéndole el entre a Verónica. —Niega con la cabeza—. Ahora que lo pienso, tendría que haber ido.

—¿Qué pasó? ¿Te peleaste con Verónica?

—Cuatro años de casados —dice mostrándome el anillo.

—¿De qué te quejás? Todos se la querían garchar y se quedó con vos.

—Ayer estaba viendo la tele y en una de esas agarré los *Cazafantasmas*. ¿La viste? —Le digo que sí—. Viste el malo. Bueno, así tiene las gambas Vero ahora. Posta. Mirame la jeta. Estos pozos al lado de los suyos son piel de bebé. No te rías, forro. —Hunde la jeta en el vaso y se hace un fondo blanco—. No te das una idea lo que se te extrañaba, Dogo. Con vos no tenía que preocuparme por nada. Con los que ando ahora… los vagos roban para poder usar el fierro nomás. La otra vuelta estábamos vaciando una joyería. Había de todo. ¿Y qué pasa? El Rubén le mete cohete al de seguridad porque lo miró mal. Tuvimos que rajar y nos fuimos con chirolas. Te juro, loco. Me sentí como si hubiera tenido en pelotas a Salma Hayek en la cama y no se me hubiera parado.

—No sé quién carajo es esa.

—La boluda esta que estuvo en la peli esa de vampiros. Una morocha terrible, está buenísima —levanto los hombros—. Tenés que verla. La flaca esta tiene más tetas que toda mi familia junta. Y eso que mi viejo no para de darme hermanas y cada vez está más gordo. Dice que no usa corpiños porque no le quedan cómodos. Le aprietan. Yo le dije que pruebe con un paracaídas. Tuve que salir corriendo porque no podrá correr, pero todavía puede disparar. Me hace acordar a Ferreira.

—¿Sigue vivo el gordo ese?

—Sigue y está pulenta. Es el que corta el bacalao en la zona. Si es ilegal, lo maneja él.

—Me lo imaginaba muerto.

—Hay más chances que muera de un choripán crudo que por un balazo. Está tan gordo que ni siquiera se gasta en salir de su bar. Posta. Y ahí adentro, tiene más seguridad que el Papa. Como para no. Si las hermanas le largan un soldado cada año. Y ahora tenés que ver el nene que tiene de seguridad, un tal Tótem.

—Ni idea.

—Dos metros, cuello de bulldog y mazas en lugar de dedos. Las manos del flaco vieron pasar más sangre que concha de vieja.

Me bajo lo que me queda de birra para borrarme la imagen. Ocki no aparece. El Lepra me cabecea y me marca a una morocha en la barra que saca culo y juega con un chicle.

—Me quedo con aquella —le digo y le señalo a una rubia que se aburre con un flaco. Ella está meta sacar la lengua y pasársela por el *piercing* de arriba del labio, pero él no acusa recibo y sigue hablando.

—Vos y las rubias.

—Rubias, morochas, pelirrojas. Mi único límite es el gris.

—Eso para tu pija. Pero para tu *cuore* solo existe *LA* biarru. —Cabecea para mi tatuaje, que se esconde debajo de la derecha. Me siento mareado de repente. Busco a Ocki. Apoyo las manos en la mesa para levantarme.

—Esperá, ¿a dónde vas? Quedate. Aguantá que pido otra. —Le hace señas al mozo—. ¿Qué hacés acá? Este no es tu tipo de bar.

—El tuyo tampoco.

—Vine a comprar escabio. El tipo este tiene un chanchullo y me vende barato por izquierda. Hoy armo una fiesta en el barrio. De más está decir que estás invitado. Van a estar todos. El Tote, Bengala y por ahí venía Monchi. No. Ni se te ocurra decirme que no. Hace un mes que estás afuera y no fuiste capaz de aparecer por el barrio. ¿Qué onda? ¿Andás en una movida por acá?

—Una movida de nueve horas por día en un estacionamiento.

—No me digas eso. —Se levanta, agarra el vaso y se sienta en una mesa alejada contra la pared. Me hace señas para que vaya. Tendría que irme. La idea de volver a la pensión me estanca.

—¿Algún problema? —pregunta el mozo que nos trae la birra.

No todavía, pienso.

—Tengo este trabajito —dice Lepra, sin esperar a que termine de sentarme.

—No me interesa.

—Si todavía no lo escuchaste.

—Salvo que sea uno en donde haya que fichar y vaya todo por derecha.

—Loco, yo sé que uno sale medio marmota de la tumba. Que anda flojo de reflejos y piensa que no sabe si va a poder volver a gatillar cuando pinten los fierros. Posta. Mi hermano andaba igual y cuando agarró el chumbo se le pasó todo. Esto es como andar en bicicleta. Y este laburo que tengo es como andar en bicicleta con rueditas.

—¿Cómo terminó tu hermano?

—Una vez por mes le llevo flores, pero eso no importa. Lo que importa es que es un trabajo de cuatro y me falta uno.

—¿Y esos que ranchean con vos?

—Te dije que necesito laburar con gente que use la cabeza y no los dedos. Yo siempre les digo lo mismo que nos decías vos. No te van a dar un billete más por matar a alguien, pero sí unos cuantos años más si te toca perder. Usar la cabeza antes que el fierro. Vos sabés que yo la entendí esa. No como los Zelaya.

—¿Y el Benítez? ¿Y Funes?

—Están adentro. Por eso te digo que falta uno.

—Adentro es donde no quiero terminar.

—No seas boludo.

—¿El Yunque?

—Anda perdido el vago. Dicen que se rescató. La otra vuelta me lo crucé de pedo en el hipódromo y le quise ir a hablar.

—¿Vos también le das a los burros?

—Ni ahí. Pero Verónica siempre me jode con que saque a pasear a los chicos al aire libre y aquellos querían ir al zoológico. ¿Vos sabés lo que está una entrada? Una locura. Así que dije *fue*, y los llevé al hipódromo, que es más barato. Te decía. Quise ir a tentar al Yunque, pero estaba hablando con un tipo y no quería joderlo. Para cuando me rescaté ya no estaba.

—¿Y con Pilcomayo no hablás más?

—Tachalo. Ahora está en cualquiera. Anda robando, pero ya perdió los códigos. Se hizo pastor. Tiene una iglesia evangélica en la cortada. Dale, Dogo. No seas boludo.

Niego con la cabeza. Pero sé que no me va a dejar de joder, así que le digo que me deje pensarlo.

—Venite a la fiesta y lo charlamos bien. Hay buena guita. Vas a ganar de un tirón lo que ganás en un año guardando autos. Es más. Si querés, la podés jugar de fercho, pero la posta es que ponerte a vos de fercho es como ponerlo a Batistuta a atajar. Cambiá esa cara, Dogo. —Hace unas señas para la puerta.

Me doy vuelta. No es Ocki. Es una pendeja que con toda la furia tiene dieciocho. Se acerca y le da flor de beso al Lepra.

—Dogo, esta es Betiana. Una amiga —dice y me guiña un ojo. Ella quiere hacer lo mismo, pero no le sale—. Andá yendo que ya voy, preciosa —Cuando ella se va, agrega—: Qué orto que tiene la borrega esta.

—Che, Lepra. El orto sí, lindo. Pero escuchame una cosa... es bizca, locura.

—No entendés nada, Dogo. Es lo último en mujeres. Mientras te chupa la pija, te cuida la moto. —Se para mientras se ríe solo—. ¿Tenés un teléfono donde te pueda ubicar?

—No.

Saca un papel y escribe un número y una dirección.

—Acá tenés, Pedro Picapiedra. —Me lo da—. Cualquier cosa llamame. Si no estoy yo, está Bengala. Y si no, andá derecho para ahí tipo once y hablamos bien.

—No sé si voy a poder. Estoy esperando a alguien.

—¿A quién estás esperando? ¿A Lara? —le digo que no—. ¿La fuiste a ver?

—En esa casa no soy bienvenido.

—Andá. Vas a ver que te recibe. —Y me guiña un ojo una vez más.

—¿Qué decís?

—Vos andá. Haceme caso. —Y después de darme una palmadita se va con la bizca.

Me quedo mirando el papel con la dirección. Las piernas empiezan a moverse solas. Abro la billetera para guardarlo.

Una billetera con más fotos que monedas. Un laburo fácil, pienso. Guita. Guita. Guita. La puta madre. Guita y ella. Detrás de una foto de Lara, rasqueteo y saco otro papelito con un número. Me acerco al teléfono público al lado del baño y marco.

—Ocki. ¿Pasó algo? No. Todo bien. Quedate tranquila. Escuchame, ¿puedo ir para allá?

Cuelgo y por las dudas, para no arrepentirme a mitad de camino, tiro el papelito con el número del Lepra a la basura.

CAPÍTULO 8

—Puta madre —digo cuando acabo, mitad adentro, mitad afuera de Ocki.

Doy media vuelta y me dejo caer en el hueco que ella deja en la cama. La luz del baño se prende y no tarda en transformarse en una cuchillada amarilla cuando Ocki arrima la puerta. El techo es una pantalla negra que me dice que la película que me quise vender se terminó; en los créditos, el nombre de la actriz es otro.

Imaginaba que podía ser que solo necesitara ponerla, vaciarme, vaciar la cabeza. Imaginé tantas cosas, pero una a una fueron quedando atrás. Sí. Besaba con mucha lengua. No. No tenía las tetas caídas. Eran firmes. Tiene los pezones chiquitos y no, no pude saciar mi sed ahí. No me dejó chupárselas. Ni ahí ni abajo. Derecho a los bifes. No alcanza a decir *fo*, mucho menos *forro* que se la metí. Encontré algo caliente, húmedo y diferente. Sobre todo diferente. Pensé que eso podía calmarme, pero ahora que ella se limpiaba lo único que podía darle, me daba cuenta de que no. Seguir pensando en una mina después de acabar te dice la posta. Y la posta es una mierda.

La canilla abierta de fondo. *Limpiate rápido, me quiero ir.* En el pulmón del edificio un perro se pone a ladrar. Un bebé llora y los ruidos me taladran la cabeza. Cállense, la puta que los parió. Cállense. El haz amarillo se abre de par en par, la cuchilla se hace hacha y me deja ver otra de las cosas que no quiere hacerme cargo. Y el hacha baja y desaparece dejando oscuridad. Y Ocki vuelve. El blanco en los contornos, las sombras robándose lo más lindo de ella: a ella. *Quedate ahí, no hablés.* En gris, el pelo puede ser cualquier mina. Pero se acerca y un velador me roba el anonimato de las sombras.

—Puta madre. Justo lo que una chica quiere escuchar después de tener sexo.

—Perdón.

Quiero irme. *Abrime. Puteame, pero abrime.* Me siento igual que después de robar un banco. Rajemos. Rajemos que cae la gorra. *Abrime. Sí. Soy una mierda. Tenés razón.* Me siento como una mierda. Tendría que haberme quedado en casa. Tendría que haberme hecho una paja. Tendría que haberla ido a ver a ella.

Ocki está sentada en la cama y ni me di cuenta. Me corro y le hago más lugar. Me siento arrinconado. Ella resopla y pregunta:

—¿Cómo se llama?

—¿Quién?

—La mujer en la que estás pensando.

—En nadie —digo. Tengo las sábanas pegadas por la transpiración.

—Mirá, podés pensar que soy una boluda, pero va a ser mejor para los dos que te saqués esa idea de la cabeza. Si querés, no me des un abrazo, pero dame la verdad por lo menos.

En la mesita de luz no hay ni un cigarrillo. Ni una tuca. Ni siquiera una foto o un platito con una *gillette*. Obvio que no. Y eso me hace sentir más lejos. Hay un par de portarretratos. Portarretratos en los que, cuando me acomodo sobre la almohada y me veo ahí, me doy cuenta de que, en vez de fotos, hay espejos. La jeta que tengo es imposible de caretear. Si mi cara fuera lo primero que veo cuando abro los ojos, pienso que ya me habría volado la tapa de los sesos hace rato.

Ocki se muerde los labios y el pecho se infla, haciendo que las tetas parezcan más grandes. No sé qué decirle, salvo que tiene las mejores tetas que vi en persona, pero sé que eso no le va a importar un carajo.

—Lara —dice cabeceando para mi brazo. Quiero taparlo, pero mi mano ya está ahí. Mi primo no es el único que tiene tics—. ¿Tu hija o tu mujer?

—Estás diciendo boludeces.

Sus ojos se agrandan. La bronca hace que toda ella parezca más grande.

—No es la primera vez que me usan la cama de balsa. Está bien. Lo que pasó, pasó. Nos divertimos un rato y listo. Ahora no me quieras mentir. Querés irte. Te abro y a otra cosa. Pero me parece que, más que a coger, viniste a otra cosa.

Quién carajo se piensa que es esta pendeja. Le falta mucha sopa. La miro y la guacha me banca la mirada. Me redobla la apuesta, y soy yo el que corre la jeta y vuelvo a verme en los espejos. Quiero irme, pero no sé a dónde. Dudo.

Ocki revuelve entre las sábanas hasta que encuentra la tanga enrollada. Gira el cuerpo y dándome la espalda, se la vuelve a poner. De arriba de una mesita saca una remera que, por lo gastada, me rescato que es su pijama. De la cara de Mickey Mouse lo único que se nota bien son las orejas. En ese ratón de mierda veo cómo Ocki termina de desaparecer como mujer para mí.

—Hay dos cosas con las que no puedo hacer nada —dice—. Una es conmigo misma. La otra es con el silencio. No me la hagás más difícil, que ya tengo muchos quilombos conmigo misma.

En su voz no hay reproches y en sus labios, una sonrisa que no es de felicidad, pero se parece mucho a una bandera blanca. Me levanto y apoyo la espalda contra la pared.

—¿Por qué te quedaste bancándome en el bar? —pregunto.

—Porque a mí también me cerraron bastantes puertas por quien fui.

—¿Y quién fuiste?

—Lara —apura ella.

—Una celda que yo mismo me creé.

Plancho una arruga de las sábanas.

—¿Te dejó cuando fuiste a la cárcel?

—Una de las tantas veces. Pero la última vez en vez de decirme lo de siempre, que no quería estar más, dijo que ya no podía seguir yéndome a ver a la tumba. Que cuando saliera la buscara.

—¿Y estaba con otro?

—No. No sé. No fui. Cuando te guardan, lo único que te da fuerzas para seguir adelante es pensar qué es lo que vas a hacer ni bien salgas. Y siempre pensé que iba a ir a verla. Pero cuanto más cerca estaban de largarme, la bocha me metió un gol en contra. Cuatro años me morfé adentro. Rejas para adentro, no cambió nada. Pero afuera, puede haber pasado o dejado de pasar cualquier cosa. Me imaginé montones de secuencias. Y cuando salí, pensé capaz que caigo y toda mierda que me imaginaba era solo la mitad. Y ahí todo se iba a la remismísima mierda.

—¿Vos sos el mismo Dogo del que dicen tantas cosas? ¿Te caparon en la cárcel?

Me río.

—¿Qué clase de mina vuelve a salir con un tipo que sabe que hizo esas mierdas?

—La que cree que la gente puede cambiar —y después de una sonrisa agrega—: Nunca te pusiste a pensar la de veces que tuviste suerte y no la aprovechaste por tener miedo a tirar la moneda. Desperdiciaste tu suerte pensando y saber la verdad es otra forma de ser afortunado. Suerte de volver a empezar.

—Volver a verla, al barrio, va a abrir muchas otras puertas, que si la de ella se cierra, se van a volver mucho más tentadoras.

—Mientras sepas decir no.

—El problema es que tengo miedo de no poder hacerlo.

—No hace falta que entres a las otras. Sabé que esta puerta siempre está abierta —y aclara—, para hablar.

Y de nuevo esa sonrisa como punto, que esta vez es final. Me levanto de la cama y me visto. Ella se pone otro pantalón y agarra las llaves. Bajamos en silencio en el ascensor, uno en cada punta, la mirada en el piso. Ocki abre la puerta.

—No sé quién fuiste antes —le digo—, pero ahora sos… mejor.

Me da un beso en la frente.

—Andá. No seas boludo.

—Mañana —le digo—. Mañana.

CAPÍTULO 9

Como arrancarse una cascarita para ver qué marca nos dejó el corte en la piel. Así es arrancar a patear para el barrio. Camino. En contra de todo, camino. Porque hay dos cosas que nunca pude domar. Cosas que nunca van a ser una cicatriz, siempre una herida abierta. La furia es una. Y la otra es la que me guía.

El barrio sigue siendo el mismo. En las esquinas cambia la gente, pero no los apellidos. Puedo ver al hijo más grande del Giorgio ocupando su lugar con los pibes del Tano Di Paola. Una pintada detrás de él, el nombre de la barra y varios manchones de tinta que esconden algún *putos* o *cagones*.

El bar de Tony con el cartel de neón todavía quemado. De las lamparitas que alumbran las mesas de afuera, una sola funca. A pesar de la capa de grasa en el vidrio, alcanzo a ver a Tony sirviendo una birra y esperando que arranque la nocturna, a ver si sale su tarjeta y puede cerrar el bar de una puta vez y para siempre.

El corazón patea lindo a medida que me pierdo en esas calles que estudiábamos y conocíamos de memoria. Los pasillos, la casa de Castillo, que siempre nos dejaba colar rancho y descartar los fierros para perdernos en el hueco. Nos veo al Yunque y a mí en cada rincón del barrio. Plazas. Bares. Aguantaderos. Juntos. Dando pelea.

Pierdo la distancia. Me dejo llevar, dopado de recuerdos. No me importa nada. Caminar sobre brasas es una pelotudez al lado de caminar sobre el pasado. Todavía puedo ver las manchas de sangre en la tierra y en el asfalto, grabados a fuego y a fierro. Me quema. Me dejo quemar. Este es mi lugar.

Cuando pienso en mi barrio, pienso en todo lo que se muere y en lo poco que se vive. En el Yunque y en ella. La vuelta a casa. La vuelta a una mina. Los dos son un lugar donde guardarnos, pero solo dentro de una nos sentimos a salvo.

Toco el timbre. El galope de un caballo en el pecho. Una luz se prende. El ruido de la mirilla. La puerta se abre y ella aparece.

—Dogo —alcanza a decir antes de que se le desinfle la voz.

El pelo rubio termina en un rodete y su cara en una mueca, que no tarda en hacerse sonrisa. De reojo alcanzo a ver una musculosa negra remangada, mostrando el ombligo, y el jean ese que le hacía el orto todavía más lindo. De reojo, sí. Porque apenas puedo sacarle la vista de esos ojos marrones que me miran sorprendidos. Busco palabras y ni siquiera encuentro saliva. Su sonrisa desaparece comiéndome la boca. Y si ya venía en curda, terminó de emborracharme con ese beso.

Las imágenes se empiezan a hacer distantes. Ya estamos adentro. Su musculosa en el piso. Somos dos animales guiados por la urgencia. Nos arrancamos la ropa como cachos de piel muerta, cachos de ayer que pesan y no significan nada.

Hojas del calendario de los días perdidos, de las veces que quererla dolía, porque lo único que tenía de ella era un recuerdo. Acá no hay rejas. No hay más encierro que el de sus brazos. Ella me mira. Me ataca. Me come. Me prendo de su boca, de su ojete. Si la suelto, me caigo. El recuerdo se muere porque ahora ella está acá. Sus uñas negras clavadas en mi espalda. La bocha se me apaga. Dejo de pensar. Los labios le brillan y el pelo rubio le chorrea sobre la cara. Los lunares en su piel son estrellas. Ella es el cielo. Entro al cielo.

—Dogo —dice cuando me siente, los dientes apretados y la respiración agitada.

Algo caliente, húmedo y familiar me recibe, y por primera vez desde que salí de la tumba me siento vivo. Y vuelve a decir *Dogo*, en un gemido que se corta con cada embestida. Con ella nada es suave. Todo es hasta el fondo. Rápido y fuerte. Algo que se consumía y te consumía. Cuanto más adentro de ella me meto, más lejos me siento de todo el resto. Me encuentro ahí, entre sus piernas, y ahí mismo me libero.

Soy libre.

—Cómo te extrañaba —ronronea y me muerde los labios, antes de irse para el baño—. Esperame acá. Que te tengo una sorpresa.

No me da el bocho para pensar. Estoy tan cansado que ni siquiera giro el cuello para verle el orto. Siempre me dejaba así de fisura. En la cárcel ni pasábamos del *hola* y recién cuando terminábamos cambiábamos un par de palabras, antes de que el borcego viniera a apurarnos. Afuera no era muy diferente. Ninguno de los dos quedaba con ganas de hablar. Ahora, lo que menos quiero es hablar, porque lo que la carne une la palabra aleja.

La cabeza me da vueltas, la curda de carne se empieza a ir de a poco y los ojos me traen a la realidad. Relojeo a los costados y me siento perdido. De lo que conocía, pocas cosas siguen en pie. De los muebles no queda ninguno y en su lugar hay cajones de cerveza. Uno de Bieckert hace de mesita de luz. El cenicero repleto y el olor a pucho y encierro me dan una tregua ante el vacío del resto, tregua que se pierde cuando encuentro una mancha de humedad en la pared en vez del portarretratos de chapa y con imanes de cerámica que le regalé al toque que nos conocimos.

A lo lejos, el ruido de una canilla y más lejos todavía, el de los autos en la calle. Una luz se prende en la otra pieza. Una jauría de perros ruge y un bebé empieza a llorar. Los ladridos empiezan a alejarse, pero el llanto se siente cada vez más cerca. *Sh, sh*, dice ella y aparece en el marco de la pieza, vestida solamente con un bepi en brazos.

Me apuntaron con fierros de todos los putos tamaños y calibres que te imaginas, fusiles de asalto y escopetas recortadas, y ninguno me hizo abrir tanto los ojos como la mirada del pendejo que, siguiendo el dedo de ella, se clava en mí.

—Mauro —dice ella—. Decile hola a papá.

CAPÍTULO 10

El pendejo ya no llora. Está entretenido tomando la mamadera, encima de su vieja. Ella con una mano le cepilla el pelo y, por debajo de la mesa del living, me acaricia la gamba con un pie. Sigue descalza, pero ya se puso una remera y una tanga negra. Los dedos contra mis llantas gastadas me dicen que hay algo roto. En mi vida, me acuerdo de que me hubiera empilchado ni bien terminábamos de garchar. Pero acá estoy, hasta con los cordones atados, listo en la línea de largada para tomarme el palo a la primera de cambio.

—Cuando sea grande, no le digamos que lo hicimos en una cárcel —dice ella, y hace que me trague la pregunta que tengo. *La* gran pregunta—. O capaz sí, así sabe que no había nada que pudiera separar a sus papis.

Estira la mano a través de la mesa para agarrar las mías. Sus ojos marrones miran los míos, que apenas pueden enfocar.

—Qué carita —dice—. Me hubiera gustado decírtelo antes, pero no pude. No supe cómo. Cuando me enteré, fui a contártelo, pero me quedé muda. Venías haciendo las cosas bien y no sabía cómo ibas a tomarte la noticia. Ya era difícil extrañar a una. Imaginate a dos. Cuando se me empezó a notar la pancita, no pude seguir yendo.

Me suelta la mano y revuelve en el cenicero hasta encontrar medio porro. Le saca la mema al pendejo, que amaga un llanto. Un *sh, sh* de ella hace que quede en un puchero. Se prende el faso y le da unas pitadas. Me lo estira y le muestro la palma. El bepi mira el humo y trata de agarrarlo. Tiene las manos chiquitas. Muy chiquitas. Queda de frente y puedo verle bien la cara. Me tiene embobado. Lo miro tratando de encontrar algún gesto que se parezca a mí. No encuentro ninguno. Tiene mucho de la madre. La boca es igual, bien grande, y el labio de arriba termina como si tuviera un piquito.

—Decí algo.

—¿Cuánto tiene?

—Cinco meses. —Los números dan, pero eso no significa nada—. Viste qué grande que es. Salió al papá.

—¿No le das la teta?

—No le gusta. Mejor, me las iba a dejar todas caídas.

Difícil, pienso, y me pregunto cómo pueden caerse si apenas sobresalen del pecho. Siempre se quejaba de que era una tabla y yo le decía que a ella no le hacían falta tetas. *Con ese orto, ¿quién las necesita?* Y ella sonreía. Una imagen que siento que pasó hace tanto tiempo que parece un recuerdo prestado de otra vida.

El almanaque sigue anclado en la fecha que perdí. Un círculo rojo marcando el cumpleaños del Yunque al que nunca fui. Un plato con restos que no son de comida al lado de la pileta. La heladera llena de imanes sosteniendo fotos nuestras, que pronto volarán y en su lugar habrá dibujos de palos y líneas, garabatos que significarán mamá y papá. Me puedo ver. Un rectángulo, cuatro líneas bien largas y arriba un redondel con ojos dibujados a la marchanta.

Y se parecería mucho a lo que siento.

Pienso en otras líneas, dibujos en la pared descascarada de la cárcel, y el bajón de sentirme más identificado con eso que con el futuro dibujo que esas manos tan chiquitas van a escrachar.

Sigo ojeando las fotos. Como si buscara ahí las cosas que perdimos. Encima de la heladera encuentro el portarretrato de chapa. Ella colgada de mi cuello, dándome un beso en el cachete con tanta fuerza que me apretujaba la sonrisa. Igualmente, seguía siendo la sonrisa más grande que alguien me había sacado.

Ella ve a dónde estoy mirando y trae el portarretrato a la mesa.

—Cuando extrañarte se ponía difícil, esa era mi estampita —dice—. Le pedía que estuvieras bien y le daba los besos que no podía darte.

Sobre la foto veo varios labios marcados en rojos, como velas consumidas en noches que no tenían fin. Es ahí cuando puedo ver por qué estoy acá. Por qué todavía no salí corriendo.

El pendejo ya no trata de atrapar el humo. Hay algo que le llama más la atención que esa niebla a la que está acostumbrado. No me saca los ojos de encima. Ella levanta la pierna como si estuviera cosiendo a máquina y hace que el pendejo cabalgue y se ría. Tiene la misma sonrisa que ella. Ese duplicado de la felicidad me calma.

Me hacen ruido los ojos del pendejo: verdes. Y ese ruido, en vez de quedarse encerrado en la cabeza, sale por la boca sin que pueda controlarlo.

—Son iguales a los de mi vieja —me dice—. El primer hijo siempre sale con los ojos de la abuela materna.

Se levanta con el bebé en brazos y se sienta a mi lado. El bepi apoya la cabeza contra su pecho y Lara contra el mío.

—Parece que tiene tu nariz —dice.

La mía está partida en dos cortesía de Irusta. Ya ni me acuerdo de cómo era antes. Ella acaricia su nombre en mi brazo.

—Mauro —digo.

—Le iba a poner Mauricio. Pero pensé que era un nombre muy largo para que te lo tatuaras. —Y me pasa la mano por el otro brazo.

Los dos giramos el cuello y miramos al bepi. Está planchado.

—Bancame que lo acuesto. Si se despabila, cagamos.

Cuando vuelve, se sienta a upa mío y se agarra de mi cuello como un koala. Tiene los ojos achinados y la sonrisa mezcla porro y felicidad. Sin el pendejo es más linda, más cercana, como volver a ver el mundo sin rejas.

—¿Cómo se están manteniendo?

—Como podemos. Hago algún que otro trabajo para Ferreira. —Los dos miramos el plato en el que en vez de cuchillo hay una *gillette*—. ¿Vos qué estás haciendo?

—Estoy laburando en un estacionamiento, allá por el centro.

Si ya tenía los ojos achinados por el porro, los aprieta un poco más.

—¿Algún curro con el seguro? ¿O vas a llevarlos al deshuesadero del Grasa?

—Yo solo los guardo.

—Mmmm. Qué as tendrás bajo la manga —dice—. Ya me contarás, quiero creer.

Le doy un beso en la frente. Ella se acurruca contra mi hombro y queda debajo de la lamparita que le vuelve la cara una mancha blanca. La luz al final del túnel. Le doy otro beso y me levanto.

—Mejor me voy yendo —digo—. Mañana tengo que entrar temprano.

—¿No querés quedarte?

—Hoy no.

Me hace puchero. Pienso en el bepi y hace que la decisión de irme sea más fácil.

—Está bien —dice ella—. Mucho para un día, ¿no? —Agarra las llaves y me acompaña hasta la puerta—. Esta es tu casa. Te vamos a estar esperando.

Me despide con un beso y un abrazo, que me dan una anestesia que se va yendo con cada paso que me alejo.

CAPÍTULO 11

La realidad me encuentra no muy lejos de su casa. La cabeza me duele como si me hubieran dado una paliza. El mareo me parte y lanzo todo sobre la tierra. Varias arcadas después puedo pararme. En un kiosco, compro una cerveza que se va tan rápido como vino. Me arrastro hasta la parada del colectivo y me siento.

Un perro callejero se acerca moviendo la cola. Me olfatea y, con el hocico, me levanta una mano para ganarse un mimo. Después de dos caricias se sube al asiento y me apoya la cabeza contra las piernas. El bondi no viene.

A mitad de cuadra, cinco sombras se empiezan a acercar. Pasan por debajo de una luz y no los puedo ver bien. Relojean de acá para allá. Tienen toda la pinta de estar buscando a algún gil para afanar. Miro para un lado y para el otro. No hay nadie. Tengo diez pesos y monedas. Se van a quedar manija con eso. Me miro las llantas. Vuelvo a ver sus dedos acariciándome. Tendría que haberme quedado en su casa.

Los tipos están más cerca. Todos de gorra. Uno tiene la remera de Boca. El perro levanta las orejas. Ya no mueve la cola. Ladra dos veces. Le acaricio la nuca. Ficho al del medio. Al medio siempre va el kapanga. Musculosa, malla hawaiana y ojotas. Está a diez metros, pero ni idea de quién es. Miro a los costados. Ni una baldosa rota ni un cacho de fierro. Tanteo la madera del asiento, pero está bien agarrada. Con la mano libre, voy escarbando en la billetera para dejarme unas monedas para el bondi.

El del medio se acerca un toque más. La visera le borra la jeta. El perro hace un gruñido que parece un caño de escape roto.

—¿Nos estabas esperando, Dogo? —dice y se saca la gorra—. ¿Qué pasa? Está bien que pasaron cuatro años, pero no me digas que no me reconocés.

El Tuna, más conocido como un gil al que, si no fuera porque es el *sobrino de*, ya le habrían metido un kilo de plomo.

—El colectivero seguro que no sos —le digo—. Y es al único que estoy esperando.

—Siempre igual vos. Falta para que venga y no da que esperes solo. La zona está jodida.

Dos flacos se acomodan a los costados de la parada. El de la derecha es un poco más bajo que el poste de luz, y el otro, más que reírse, se me está cagando de risa mal.

—¿Qué querés? —le digo.

El Tuna se vuelve a poner la gorra y, después de ajustársela, se para cerca mío.

—De pibe siempre quise aprender a boxear como vos. Cuando sabía que estabas por algún lado cerca, me hacía una escapada para ver si se armaba bondi y pintaban los guantes. —Hace hombros y pega unos saltitos de acá para allá. Tira un uno, dos y cierra con un gancho a la nada—. ¿Qué te parece?

Guiña un ojo y me dedica una sonrisa a la que le faltan varios dientes.

—Que no te fue muy bien.
—Yo no soy el que terminé en la cárcel —dice—. Aparte, ¿para qué quiero dientes cuando tengo esto? —Y pela una billetera en la que asoma mucha, pero mucha teca.
—¿Qué querés, Tuna, que te enseñe a boxear?
—Na. Tenés razón. Los guantes no son lo mío. Me va mucho mejor con esto —dice, y se levanta la musculosa para mostrarme la culata dorada de un fierro—. Enchapado de oro —agrega y se lo saca de la cintura—. Lo vi en una peli en lo de Germán y dije *¿por qué no?* ¿Te cabe?
—No te combina con la malla.
—¿Querés que me la saque? No me vas a decir que te rompieron el orto en la tumba y te gustó.
Los otros le festejan el chiste. El gigante apoyado contra la parada se suena los dedos.
—¿Me vas a decir qué carajo querés?
—Cinco minutos.
—Tenés uno porque allá viene el bondi. —Me paro.
—Yo que vos me quedo. Si no, mañana te vamos a tener que ir buscar al garaje y no creo que a Guzmán le guste.
Armo los puños. El más alto ya no se apoya contra la parada. Al de la sonrisa me dan ganas de bajarle el comedor intacto, pero lo que le brilla en la cintura no es la hebilla del cinturón. El bondi sigue de largo y levanta una nube de tierra. Nos tiramos para atrás y, recién cuando nube y colectivo desaparecen, volvemos a la calle.
—El Yunque —dice el Tuna.
—¿Qué pasa con el Yunque?
—Lo estamos buscando, pero se le dio por jugar a las escondidas. ¿Sabés por dónde anda?

—Ni idea.

El Tuna se rasca el cuello con la punta del fierro y suspira.

—¿Seguro? Porque veo que anduviste de visita por el barrio.

—¿Para qué lo quieren?

—¿Ni una punta de dónde puede estar? ¿El bulo de alguna mina? ¿Algún aguantadero de esos que eran tan fanáticos?

—Te dije que no. Ahora, ¿me querés decir para qué lo buscás?

—Mañana, para hablar. Más adelante, ahí ya no sé qué decirte.

—¿Qué hizo?

—Eso no importa. Importa que podamos charlar con él. ¿Seguro que no me estás mintiendo? —Se levanta la visera y me acerca la jeta.

—Espero que disparés mejor que lo que escuchás, porque enchapado de oro o no, así no vas a durar mucho.

—No te hagas el vivo y encontralo, Dogo. Y cuando lo hagas, a mi tío ya sabés dónde ubicarlo. Portate bien, y aparte de una birra te va a dar otra cosa más. —Y raspando tres dedos hace el gesto universal de la guita—. Algo me dice que vas a andar seguido por acá y nosotros también. —Cabecea para un costado y los otros empiezan a patear para el lado que vinieron—. Yo que vos me vuelvo caminando. El otro bondi pasa recién dentro de dos horas.

Los cinco vuelven a hacerse sombras y se pierden en la primera calle cortada. En la parada no quedó ni el perro. Me meto las manos en los bolsillos y arranco a patear.

CAPÍTULO 12

Las cosas de las que no se vuelve.
Eso era para mí la amistad con el Yunque. Dos tipos, dos hermanos que cruzaron varias líneas que los dejaron del otro lado, donde las cosas no se hablan, se hacen y punto.
La línea que nos separó de todos fueron Walter y Rolo Zelaya.
Si el gimnasio de Dalmiro era donde practicábamos con los guantes, el bar de Tony era donde entrenábamos planeando los robos. Una mesa en el fondo y el Chapu desembuchando algún dato jugoso. Muchos había que descartarlos porque con dos tipos no alcanzaba. Ahí fue cuando entraron los Zelaya, para dejar el peso pluma y buscar los pesos pesados. Sabíamos que aquellos tenían tanta fama de barderos como de profesionales. Pero pensamos en la bolsa de premios que podíamos levantar y miramos para otro lado. Empezamos a salir de caño los cuatro juntos. A veces se sumaban el Lepra y Funes, pero los laburos más grosos los hacíamos nosotros cuatro. A ninguno nos temblaba el pulso cuando pintaban los fierros. Y la cosa fue linda por un tiempo.
Estábamos limpiando un banco cuando nos dimos cuenta de que solo dos pensábamos con la cabeza y los otros con

los garfios. Apuraba a la cajera cuando escuché tres corchazos. *Pum*. Silencio. *Pum Pum*. Los Zelaya se habían cargado a los dos de seguridad. El que estaba tirado en el piso, al lado de Walter, tenía un círculo rojo en el medio de la espalda que no paraba de crecer. Para cuando fiché al otro, tenía media jeta hundida en un charco de sangre, la pistola en la cartuchera y las manos entrelazadas en la nuca, agujereadas. Cachos de dedos flotaban en el rojo. Uno todavía tenía el anillo puesto. La alarma sonó. Le arranqué el bolso a la cajera y rajamos. Cuando pasé por el charco, el dedo ya no tenía el anillo y el Rolo se mandaba algo al bolsillo.

Ni bien el Yunque terminó de arrancar el Chevy, vimos aparecer las luces azules en los espejitos. Batidoras por todos lados nos mordían la oreja y nos cantaban el *arrorró*, porque no quedaba duda de que si nos agarraban nos iban a poner a dormir de una. Nada de papeles. Nada de cárcel. El beso de las buenas noches nos los iba a dar una reglamentaria.

En la próxima vida cuando les digan silencio van a saber cerrar el culo, dijo el Rolo cuando le preguntamos qué mierda había pasado. *Querían silencio y no tuvieron mejor idea que meterle tres cohetazos*, les dije, y arrancaron las puteadas de acá para allá. *Paren, la concha suya*, gritó el Yunque, y nos quedamos *muzzarela* mientras aquel le sacaba todo el jugo al motor del Chevy. Decí que la jugaba bien de Ayrton Senna, porque con cualquier otro de fercho nunca hubiéramos llegado el barrio. Dejamos el auto en un hueco y cortamos por el pasillo, perdiéndonos cada uno por lugares diferentes.

La yuta estuvo unas cuantas horas rastrillando. Para cuando terminaron de peinar la zona, con el Yunque hacía rato que estábamos en el aguantadero. Los Zelaya tuvieron la suficiente cabeza para aparecer por lo suyo dos días después. *Se acabó*, les dije y les pasé su parte. *Cada uno por la suya ahora.*

El próximo laburo lo hicimos con Funes y el Tote. No sé quién les fue con el cuento que aquellos se enteraron y boquearon que ese trabajo lo habíamos planeado juntos, que querían su parte. Hicieron correr la bola de que a las seis de la tarde me iban a buscar a la canchita, y que si no les daba la teca, iban a cobrarme en dientes. Funes amagó con ponerse de mi lado, pero ni bien fichó que los Zelaya cayeron con otros seis, se borró. Cuando todos dieron el paso atrás y compraron primera fila, el que dio el paso adelante y se metió al ring fue el Yunque, y ahí, espalda con espalda, no hablamos, hicimos lo que había que hacer, sin importar que de esa no se volvía.

Trato de no pensar en qué quilombo estará metido para no maquinarme. *Ese ya no es mi juego*, me digo. *El suyo tampoco*, y me acuerdo de la noche en que se fue al mazo y me dejó de garpe, la noche que perdí. Pero no sirve, porque pasan las horas y sigo dándole vueltas al asunto, y sé que cuando termine el horario de laburo, va a ser más difícil no saber qué hacer.

Intento pensar en otra cosa, pero de la otra esquina del ring lo que me viene a cagar a piñas es el llanto de un bebé, un bebé de ojos verdes en el que no puedo encontrarme, y prefiero seguir dándome manija con lo del Yunque; esa es una paliza que me puedo bancar.

¿En qué te habrás metido, hermano?

No importa, me digo. *No importa.*

Con eso trato de mentirme cuando Guzmán me golpea el vidrio de la garita. Hace señas para que le abra la puerta y se manda.

—Te andaba buscando, Dogui.

—¿Qué pasa? ¿Jorge no viene mañana?

—No. No. —Se sienta a mi lado—. ¿Te hablé del Vasco? —Niego con la cabeza—. Otro como vos. Salió después de siete años por matar a la jermu. Lo puse a laburar allá en el súper, como a tu primo. Cuestión que el tipo me vació la caja y rajó. Me acaban de decir que lo ubicaron. Está guardado en una casilla, atrincherado con la guita y una tumberita.

—Llamá a la cana.

—¿Sos boludo? La cana lo va a bajar, se van a guardar la guita y no voy a ver un peso. Digamos que esa teca no la hice vendiendo leche.

Saca una llave y abre el último cajón del escritorio. De adentro, me pasa una 9 mm.

—Te confundiste, macho.

—Dale, Dogui. Dejate de joder. Entrás y listo. No me importa si te lo cargás. Lo que necesito es que vayas y hagas lo que mejor sabés hacer.

—Estás solo en esta, Guzmán.

—Escuchame, pedazo de forro. ¿Te pensás que te contraté por tu experiencia? Vos no tenés currículum, tenés prontuario. Estás acá para cuidar mi negocio y mi negocio hoy es recuperar lo que es mío.

Me trata de poner el fierro en la mano y le pego un empujón. A la pasada se lleva puesta la silla y queda desparramado contra un rincón, debajo de los afiches de las chicas de *Crónica*. Uno se le cae en la cabeza y se lo saca de un manotazo.

—Si no hacés esto, no te gastes en venir mañana —dice después de pararse.

Abro la caja y me agarro unos cuantos billetes.

—Esto es lo que me debés, Guzmán —digo—. Y yo que vos tengo ese fierro a mano. No creo que falte mucho para que a alguno se le acabe la paciencia con vos.

Recién dejo de escuchar las puteadas cuando llego a la calle. Me apuro a irme antes de que vuelva y le rompa la jeta.

Ando por la ciudad ciego de bronca. Soy un perro callejero que, más que un hueso, busca una mano para morder, un lugar donde dejar la furia. Pateo con miedo de cruzarme a ciertas personas, pero queriendo que pase. Queriendo encontrarme con ellos para encontrarme.

En el bar busco lo neutral, pero Ocki no está. Llamo. En su casa tampoco la encuentro. ¿Dónde mierda te metiste, la concha tuya? No importa. No es lo que necesito.

Sé lo que quiero: lo que no existe. Ir a buscar un abrazo de ella y quedarme ahí, dejar que ella dome la bronca, pero sé que ese abrazo no se va a cerrar porque hay algo en el medio que lo frena, algo que llora, que alimenta la mierda que me desborda.

Quiero ir a casa. Quiero ir a buscarla. Quiero ir a buscarlo.

¿Para qué la voy a caretear?

Mentirle a la cabeza es difícil, pero mentirle al corazón, imposible.

Y si no le puedo mentir, al menos lo voy a emborrachar a ver si así se calla, si cierra el ojete y me deja tranquilo por un rato. Pego tres petacas de whisky en un chino.

Mañana tengo que tomar una decisión y mi único opción es elegir *seca* en una moneda que solo tiene *caras*. A la mierda eso. Y ni aguanto a llegar a la pensión. Saco la primera petaca y le doy unos besos. Es un whisky de mierda, me quema la garganta como si estuviera tomando nafta. Pero le sigo dando. Hay mucho para quemar.

Lo único que quiero es ponerme una curda de aquellas, y si me la mando, echarle la culpa al alcohol. No hacerme cargo de lo que soy, de lo que quiero hacer. No hablar. No pensar. Hacer.

Para cuando llego a la pensión la primera petaca es historia y subiendo las escaleras desenfundo la segunda. Estoy por abrirla cuando me doy cuenta de que la puerta de mi habitación está arrimada. El mareo del escabio va y viene a medida que me acerco. Acto reflejo, me llevo las manos a la cintura y no encuentro nada. Paro la oreja. Risas abajo. La tele. Una ducha. Silencio en mi pieza. Todo el cuerpo me late. Apoyo la cabeza contra la puerta y la empujo, apenas.

A veces las cosas no hay que ir a buscarlas. A veces te encuentran. Las cosas de las que no se vuelve, las cosas que siempre vuelven.

Sentado en el borde de la cama, con las manos apoyadas sobre las rodillas, el Yunque sonríe.

—Hermano —dice—, necesito tu ayuda.

CAPÍTULO 13

Tarda un par de minutos y unos cuantos besos a la petaca en hablar.

—No sabía que vendían bidones de nafta tan chicos —dice sacudiendo el whisky.

—No te preocupés que no tiene plomo.

El pelo largo y la colita desaparecieron y dejaron lugar a un corte casi al ras. En el costado derecho de la jeta asoma una cicatriz bastante fulera.

—Lindo peinado —le digo—. No sabía que te habías hecho milico.

—Estaba cerrado Giordano. Tuve que ir a lo del Tano Pafundi.

—¿Y fuiste después de las cuatro?

—Cada vez hay que ir más temprano. Fui a las once de la matina, pero ya tenía una curda que no entendía nada. ¿Ves esta cicatriz?

—¿Hay alguien que no la vea?

—Veinte años boxeando y cuidando la jeta para que el tano este hijo de puta se vaya de mambo con la cuchilla.

Nos reímos. Nerviosos. Le sacude a la petaca largo y tendido, hasta que la mata. Carraspea. La sonrisa desaparece.

—Estoy en un quilombo.

—Ya sé —le digo—. Los muchachos de Ferreira me estuvieron haciendo compañía.

—Concha suya. —Se para, quiere caminar pero no hay espacio—. ¿Qué te dijeron?

—Querían hablar con vos, pero me parece que están esperando que les des algo más que una charla amistosa. —Niega con la cabeza y se rasca la frente—. Contame.

Da un par de vueltas, girando sobre el mismo lugar. Me hace acordar a mí ni bien me guardaron. Querer correr sin saber a dónde. De la curda me queda poco. Saco la última petaca y tomo antes de pasársela. Después de unos tragos, se termina por sentar.

—Desde que le salvamos el orto de los motoqueros al Chuni, el loco me tiene en un altar. Cuando no tengo un mango para escabiar, le caigo al local y siempre me llena el vaso. Y cuando tiene algún dato, no amarretea. Alguna carrera de burros o una pelea de las que se hacen en el gimnasio de Dalmiro. La movida fue que, hará cosa de dos semanas, se acerca y me dice: *En el sexto, Andrada se cae.*

—¿Andrada? ¿Finito Andrada?

—Ese mismo. Llegó a pelear hasta en Las Vegas y le ganó a un mexicano que decían que era el nuevo Julio César Chávez. Un animal. Lo único que bajaba más rápido que a los oponentes eran las botellas de chupi.

Escucho unos ruidos en el pasillo. El Yunque levanta la jeta como un perro las orejas. No hay ni un placard donde esconderse. Asomo un ojo. Derecha, nadie. Izquierda, tampoco. Por las dudas, me quedo apoyado contra la puerta.

—¿Y qué carajo hace peleando en lo de Dalmiro?

—Lo que hacen todos. Quemar los últimos cartuchos. Después del título, volvió y se metió en más quilombos que el país. Dicen que hasta tenía dos o tres fiambres en su haber. La falopa le cagó la cabeza y se le terminó la carrera. Tuvo unas peleas más, aunque fueron un papelón. Calcula que le pegaba más a la mujer que a los rivales. El loco no tenía un mango, pero sí un nombre, así que lo agarraron para el gimnasio de Dalmiro. Está moviendo mucha guita el chaqueño. Transmite las peleas para afuera y levanta apuestas de todo el mundo. Buena guita. ¿Entendés?

Ahora soy yo el que se estira la jeta con las dos manos.

—Hasta nueve le contaron al hijo de puta —dice—. ¿Me querés decir qué carajo le costaba quedarse un segundo más? Pero no. Otro de esos hijos de puta que nada más se acuerdan del orgullo cuando lo perdieron. Estás peleando en un galpón de mierda, no en el Luna. —Sacude la cabeza—. Terminó ganando en el octavo por *knock-out*. El chabón siempre había dicho que su sueño era ganar la medalla olímpica de oro. La que le terminaron poniendo en el pecho fue una de plomo. Lo encontraron en una zanja al costado de la ruta.

—Y te quieren dar el mismo premio.

—Siempre y cuando no pague.

—¿Tanta guita apostaste en una pelea de mierda para que te la quieran dar? —No contesta. Toma un poco más de whisky—. ¿Cuánto debés?

—Una cabeza debo. O su peso en billetes. Tengo un laburo en carpeta que podemos...

—¿Vos viste dónde estamos? ¿Te parece que estás en la casa de un chorro?

—Sos el único en el que puedo confiar, hermano. Cualquier otro me vende con Ferreira antes que nada. Aparte ni siquiera es lo que se dice un laburo, laburo. Alguien se llevó algo que estaba cuidando para un amigo.

—¿Algo como qué? ¿Fierros? ¿Falopa? Largá.

—Algo por el estilo. El tipo que me la robó anda desaparecido y tengo que encontrarlo, antes de que Ferreira me encuentre.

Me estira la petaca. El whisky me sigue quemando la garganta.

—¿Qué hacías vos con falopa? ¿A quién hay que dársela?

—Puta madre, Dogo. Necesito tu ayuda. No una entrevista. —Mira el reloj en su muñeca—. Tengo que ir a ver a alguien que quedó en pasarme información.

Me paro y le doy una piña a la pared. Un poco de revoque cae. Hueso roto sobre la alfombra.

—Si hubieras estado esa noche, no hubiera perdido. Cuatro años me morfé y no quiero volver adentro. —Se queda callado y las palabras que me comí durante mucho tiempo salen—. ¿Dónde quedó esa mierda de ir por derecha?

—Vos sabés dónde quedó. Y a mí no me habrán encerrado, pero me dieron perpetua de este lado de las rejas.

—Por ahí venía la mano. ¿Viniste a cobrar esa moneda?

Sacude la cabeza y se muerde los labios.

—Entre hermanos, no hay favores ni deudas. Hay cosas que hacer y punto. ¿No era eso lo que decías?

—Era. No pienso volver a perder mi libertad. Colgué los guantes.

—Yo también los había colgado, pero me los volví a poner. No te olvidés de eso.

—¡Andate a la mierda, Yunque!

Nos separan más que cinco metros. Nos separan promesas. Contra la cama lo veo tirado, como si estuviera contra las cuerdas.

Pienso en los Zelayas. En un rancho cascoteado con fierros. En los sonajeros de una cuna siendo hamacados por las balas y nevados de revoque. En una foto que se rompe. En una casa que quiere ser hogar, pero se muere por dentro. En que esas no son las últimas balas. En que de qué sirve una promesa cuando deja de ser refugio y se hace cárcel. En eso, y sobre todo en las cosas que matan y mueren sin sangrar, las cosas que más nos hacen sangrar. Una muerte encerrada en las venas que te visita a cada rato y de la que no se puede escapar. No hay chaleco antibalas para los recuerdos.

—¿A ellos los viste? —pregunto con el cuidado con que se abraza a un recién nacido.

Toma un poco más del whisky. Otro poco más y otro, hasta que se acaba la petaca.

—Ver los veo una vez por semana. Estaciono el auto y espero que ella los vaya a buscar a la salida de la escuela. A veces me bajo y me camuflo entre los padres. Una vuelta Ramiro me llevó puesto. Levantó la cabeza y me dijo *perdón, señor*. Ni papá, ni mamá. La primera palabra que le escuché decir fue *perdón*. —Se muerde los labios—. La dijo y siguió de largo. Ni siquiera sabía quién era yo. Lo tuve ahí... a cincos centímetros de la mano. —La voz rara, cuerdas vocales hechas de alambres oxidados—. Pero si a tu hijo no lo podés abrazar, cinco centímetros son un abismo.

Hunde la cabeza entre los brazos. Me acerco y le pongo una mano en el hombro.

—¿A quién hay que ir a ver?

CAPÍTULO 14

Viajamos en silencio, como si más que a un lugar estuviéramos yendo a reencontrarnos con las cosas que perdimos en alguna parte del camino. Cosas pesadas, cosas que mejor dejarlas ahí. Cosas debajo de las que está enterrado el Yunque.

—Es ahí —dice y estaciona el Senda media cuadra antes.

La casa tiene más rejas que una cárcel. Cerca de las ventanas, el cemento está viruleado por lo que me juego los huevos que son tiros. Ni bien tocamos el timbre, unos perros empiezan a ladrar. Encima de nuestras cabezas, un punto rojo titilando. El Yunque lo mira y mueve la mano. Un chirrido. Empujo y entramos a una jaula blindada en forma de ele. Una puerta se abre al costado y se dibuja una sombra de lo que parecen dos personas. Error. El tipo que aparece pesaría doscientos kilos de la cintura para abajo si tuviera una. A pesar de que tiene puesto un jardinero, el chabón mete miedo. Nos hace señas para que nos acerquemos. De refilón, detrás de él alcanzo a ver un living. Lo cachea primero al Yunque y lo hace desfilar para el otro lado. La mano del flaco parece un guante de béisbol. Arranca por los brazos y baja. Me palpa el bulto y, no contento con eso, me puertea el ojete.

—¿Qué hacés, chabón? —digo.

—Seguridad —dice el tipo—. No hace mucho, un negro de mierda sacó un arma que tenía guardada en el orto y le metió tres tiros a un amigo.

—Es un mito eso —dice el Yunque.

—¿Qué mito, flaco? Contales cómo te la sacaste de ahí, Bocho —dice cabeceando para donde está un flaco tirado en el piso, viciando a un jueguito de fútbol en un treinta pulgadas. Usa de almohada una mochila por la que asoman varios libros. Al lado, un cenicero humeante y varios porrones de cerveza.

—Andá a la concha de tu vieja, gordo —dice, sin soltar el *joystick*.

—Callate, que de la rotura de ojete que te pegué recién podés guardar una *bazooka*.

—No jodás, Chompas —dice el Bocho. Gira la cabeza y nos ve—. Pero mirá quiénes son. Si los querés tener desarmados a estos dos, vas a tener que cortarle las manos.

—Si se las corto, no me va a poder traer lo que me debe.

La voz llega del tipo que vinimos a ver: Chumbel. Está tirado en un sillón de cuero, en bóxer y camisa abierta. Tiene rastas como Depredador y cicatrices en jeta y cuerpo como si se hubiera peleado con él. Peleado y ganado, porque por lo que escuché dicen que se la banca y bastante. Está sentado entre dos chicas que valen su peso en siliconas. Tienen el pelo color rubio con fecha de vencimiento y mi remera tiene más tela que la ropa de las dos juntas.

Avanzamos hasta quedar separados por una mesita de vidrio. Hay sillas, pero nos quedamos parados.

—La teca —dice Chumbel.

Otro más, como si no tuviera suficientes quilombos. En las manos del Yunque, nada más hay transpiración.

—Escuchame.

Los perros vuelven a ladrar. Miro tratando de ver dónde están. Una puerta detrás del sillón del jefe, y otra a la derecha, pero de ninguno de esos lados viene el quilombo.

—Bocho, podés decirles que se callen.

—Es que quieren entrar.

—Ni en pedo. La última vez que entraron se mandaron una cagada más grande que el Yunque. Y si hoy alguien va a cagar acá adentro, no van a ser ellos.

Lo mira al Yunque, después a mí.

—Ni que fuera tanta guita que tuviste que venir con el Dogo para que te ayudara a traerla. —El Yunque va a abrir la boca. Chumbel le gana de mano—. La teca —insiste—. Un billete sobre el otro.

Tira el cuerpo para adelante golpeando la mesa. Una picadora de faso va a parar al piso y una montaña de pala se hace llanura encima de un espejito. Un caño de plomo rueda y queda haciendo equilibrio en la punta. Las dos chicas ni siquiera se asustan. Se enrulan un mechón de pelo con el índice, mientras miran una película en la tele que está detrás nuestro.

—Mañana —dice el Yunque—. Necesito encontrar al tipo que te pedí que me averiguaras y ahí te pago todo.

Chumbel mira a una de las chicas y le sonríe. Las abraza y le da un beso en la cabeza a cada una. Un tipo sale de la puerta del costado y se manda a la pieza que está detrás del sillón. Tiene un cuchillo en las manos. El flaco que está adentro, esposas. La puerta se cierra. Cuando vuelvo a ficharlo, Chumbel me está mirando.

—Por la jeta que tenés parece que no fueron del todo honestos con vos. ¿Qué te parece si te pongo al día, Dogo? Acá nuestro amigo en común tenía que hacer algo simple. Llevar una guita. Una boludez, ¿no? Pero él la complicó, decidió probar suerte con esa teca. —Un grito llega desde adentro de la piecita—. Escuchaste —le habla al Yunque—. El tipo que está allá adentro también quiso probar suerte. Y vos tenés el número que sigue.

—Te voy a pagar, Chumbel. Ya te expliqué. Tenía todo listo para darte la guita y me cagaron. Qué me iba a imaginar que...

Chumbel lo frena mostrándole las palmas. Se abre la camisa y se mira el pecho, y después le ficha las gomas a las flacas.

—¿Te parece que tengo tetas? ¿Qué soy una mina?
—No.
—¿Entonces por qué me estás chamuyando, Yunque?
—Escuchame.
—Volvés a decir escuchame y esta noche voy a hacer tres ortos. Y uno solo con un caño de plomo.
—Otra vez el caño no —dice una de las rubias.

Chumbel le agarra la cabeza con las dos manos y le vuelve a dar un beso en la frente.

—Como podés apreciar, mi día viene difícil. Puedo ver que tenés huevos, y no lo sé solo por ahora. Ya hace años que estás en esto. Por eso mismo no te tengo que explicar cómo funcionan las cosas. Pero caés acá y en vez de la guita, me lo traés al Dogo y lo tomo como una mojada de oreja. Onda a ver quién la tiene más grande. Yo la tengo normal. Un poco más de quince centímetros —dice y de abajo del almohadón saca una 9 mm. Le pasa la mano por arriba como si la estuviera midiendo—. Y aparte de eso, la sé usar también.

De reojo miro a los otros dos. Chompas está parado, fichando para acá. Es difícil saber si anda calzado. Con la buzarda que tiene tranquilamente puede tener hasta un tanque debajo del jardinero.

—Vos sabés que no puedo andar asomando el cogote y no le pude cobrar al chabón este. Ni bien lo encuentre a Rufino, lo primero que hago es darte la teca. Te lo juro.

En la mesa de vidrio se refleja la tele. Una escena de mar y el espejito con la pala y el caño parece que flotan. Chumbel se abre la camisa. Rufino, ¿de dónde me suena?

—¿Ves este escracho? —señala un tajo en el pecho—. Me lo hizo un pelotudo que me juró que tenía la guita que me debía en un cajón de la casa. El filo de un billete corta. Pero eso no fue lo que sacó. Entonces, mañana puede bajar Jesús y decirme que me jura tal cosa, y por más que haga del agua, vino, y del pasto, faso, a él tampoco le voy a creer un carajo. Creo en lo que veo. Uno de los dos tiene que tener algo en las manos para darle al otro. Así son los negocios. Pero las tuyas están vacías y me obligás a sacar esto. Me gusta el tacto de la culata. No te voy a decir que no. Se siente bien, pero no hay nada más lindo que sentir que un buen par de tetas, que era mi plan original para esta noche, y vos me lo estás arruinando. Entonces, ¿qué mierda tengo que hacer con vos?

Una de las putas se toma un tiro y le pasa el espejito a la otra, como si en vez de ellas estuvieran hablando del clima.

—¿Vos me entendés, Dogo? —sigue—. ¿Se lo podés traducir? ¿O van a tener que llevar la charla los fierros?

—¿Es tu primer negocio este? —le digo. Chumbel frunce la cara.

—¿Quién es al que acaban de largar? Entonces no me vengas a decir cómo mierda llevar un negocio. Porque, como me ves, mal no me va.

—Las armas son para terminar la charla. Y si se termina, vas a perder guita.

—¿Vos me vas a enseñar cómo se hacen las cosas?

—No es mi laburo avivar giles.

—Así no se le habla a un hombre que te está apuntando.

El tipo de adentro lanza dos alaridos coreados por los perros.

—No soy amante de los ruidos fuertes como los gritos o los balazos. No me gustan para nada, pero si hay una cosa que me gusta menos es escuchar la mierda que me estás diciendo. Así que decime algo más lindo, o no me va a importar bancarme el ruido de un cohetazo.

—El doble —le digo.

—¿El doble qué?

—Decinos dónde podemos encontrar al tipo este y, cuando le cobremos, te damos el doble de lo que te debe.

—¿Vos te vas a hacer cargo? Porque mirá que las cosas cambiaron en cuatro años. Ya no se arreglan a las manos en la canchita. Se arreglan acá atrás. Tenemos nueve perros. Y con giles como ustedes nunca van a pasar hambre.

Asiento con la cabeza.

—¿Dónde lo podemos encontrar a Rufino?

Se estira las rastas para atrás, deja el fierro entre sus gambas y vuelve a abrazar a las dos chicas. La puerta que está detrás de él se abre de un saque.

—Me cago en todos —dice el flaco que sale; en la mano, tiene solo el mango de un cuchillo.

—¿No te dijo nada? —pregunta Chumbel.

—Aparte de piropos para mi familia, nada. ¿Cómo mierda se supone que voy a torturar a un tipo si los cuchillos que tenemos se rompen todos? Chompas, ¿no te dije que me compraras un machete?

—Me olvidé.

—¿Por qué no te olvidás de comer y salvamos a África del hambre?

El torturador se pierde por donde salió antes. Una cajonera se abre.

—No puede ser que no haya un puto cuchillo con filo —grita.

—No hay nada como una tortura de cuchillos sin filo. Ya lo dijo Nietzsche, Casco —dice el Bocho.

—Me cago en Niche, era alemán. No necesitaban cuchillos, tenían cámaras de gas.

—Llevalo al gordo y vas a tener otra que una cámara de gas.

—Si cocinaras como la gente, no andaría con estos pedos.

—Callate, gil. Que bien que te comiste tres platos.

—La cortan —dice Chumbel—. Y era una bosta el guiso que hiciste, Bocho. Una bala me hubiera caído menos pesada. Te lo digo por experiencia.

Casco vuelve con vinagre y se pone a rebuscar debajo de la tele.

—Bien pensado —dice el gordo—. Que le haga una ensalada el Bocho y antes que comérsela, va a decirte todo.

—Un día en paz. —Chumbel mira al techo. Las chicas le manosean las gambas. Lo ficho al Yunque de reojo y me esquiva la mirada. No sé qué va a estallar primero. Si Chumbel, las tetas de las minas o yo.

—Dejame a mí —le digo. Me voy para donde se había ido el torturador. De un tercer cajón, rescato un juego de anzuelos de esos de tres puntas, le birlo el vinagre y me mando para la piecita. Ni siquiera le veo la cara al tipo. El primer grito no tarda en llegar. El segundo es más fuerte, parecido a un alarido. No hay un tercero.

Vuelvo y le devuelvo el vinagre y los anzuelos al torturador. Uno tiene un cacho de piel en la punta. El resto solo sangre.

—Catamarca 1095. Al fondo, a la izquierda —le digo.

—Un gesto de buena fe —dice Chumbel—. Me agrada eso.

Una de las rastas le cae sobre la cara y se la tira para atrás. Mira las tetas de las rubias como si estuviera viendo un partido de tenis. Se decide por la de la derecha y le saca el corpiño. Las gomas de la flaca ni se mueven. Tiene los pezones grandes y bardeados, y el tajo por el que le metieron el implante parece hecho con un tramontina. Con el corpiño, Chumbel se improvisa una vincha.

—Yo que vos anoto esa dirección —le dice al Yunque—. Cosa de que no se te confunda como la última. Vos querés que te ubique a Rufino. Para eso, Casco tiene que dejar de hacer nuestras cosas y ponerse a preguntar por ahí. Y nuestras cosas son ir a ese lugar y traer un vuelto que se morfaron. Me traés esa guita y yo te doy lo que haya averiguado.

Me estira la mano por encima de la mesita y se la aprieto. El Yunque estira la suya y lo deja de garpe.

—Mañana antes de las doce de la noche, te quiero acá —le dice—. Acompañalos para afuera, Chompas.

El gordo nos hace señas para que vayamos. Prefiere ir a una guerra que caminar los diez pasos que nos separan. Toca dos botones y la reja se abre. Salimos. Tengo la remera pegada a la espalda y recién cuando llegamos al auto puedo respirar normalmente.

—La reputa madre, Yunque —le digo—. La reputísima madre. ¿Hay alguien que no te la quiera dar?

—Vos.

Me sonríe y no puedo evitar reírme. Se mete al Senda y de la guantera saca algo.

—Vos quedate con este —dice cuando sale y le pega dos golpes al capó—. Está limpio. El próximo no. —Abre la mano y me muestra un juego de yugas—. ¿Dónde te ubico?

—Llamame acá y te digo dónde nos encontramos. —Le paso el papel con el número de Ocki—. ¿Me podés decir qué tiene que ver Rufino en todo esto?

—Cuando nos veamos, te cuento todo bien. Quiero sacarme un par de miras de encima. —Y señala para lo de Chumbel.

Me pone una mano en el hombro y me dice *gracias*. Le doy un abrazo y guardo una pregunta sin respuesta más. Cuando arranca a patear, me subo al coche y lo enciendo. Quiero correr, pero no sé a dónde. Lo veo al Yunque acercarse a un Duna. En dos segundos lo abre. El barrio ya no me parece algo ajeno. Pongo el auto en marcha y arranco.

Para cuando ficho por el espejito, ya no están ni el Yunque ni el Duna.

CAPÍTULO 15

Los gemidos de Lara se mezclan con los míos y se funden en uno cuando acabo.

Salgo de adentro de ella, y ella de arriba mío. Se tira boca abajo en la cama y ni se gasta en darse vuelta. El orto parado todavía tiene mis dedos recortados entre manchas coloradas. El pelo le tapa toda la cara y, cuando resopla por la boca, parece que latiera. Un latido que se va calmando a medida que la respiración vuelve a la normalidad.

—Raro que no lo hayamos despertado —dice.

Se da vuelta y el filo de luz que antes estaba en el ropero se apoya en su espalda. Revuelve en la cartera. Abre un atado y lo tira. Gira la cabeza y la apunta para mi lado. Sin la calentura puedo verla mejor. Veinticinco años que parecen más. Los ojos tienen menos voltaje, están hundidos y las ojeras parecen golpes. A pesar de todo sigue siendo linda. Pero de lo que era, solo queda la resaca de su belleza.

—Te fijás si hay un pucho tirado por ahí —dice.

Me asomo y reviso. De mi lado no se ve mucho. El velador está desenchufado. Estiro el cuello y entre los huecos del cajón de cerveza, como colillas apagadas, dos envoltorios de forros cortados. El *no* que digo sale tan bajo que dudo que lo haya escuchado. Agarra la cartera y saca algo, que recién al escuchar los golpes me doy cuenta de qué es.

—¿Te peino uno? —dice ella y me muestra un plato con merca. En la otra mano tiene una tarjeta de Sacoa. Le digo que no—. ¿No la extrañaste?

—Como a la libertad. Pero ya estuve mucho atado tiempo como para volver a estarlo.

—Saliste de la tumba hecho todo un pensador.

—Pensar es lo único que podés hacer adentro.

—Vení, filósofo. Este es el único Platón que necesitás. —Y vuelve a estirarme el topla.

La respuesta es la misma. Se da vuelta. La luz otra vez en su piel transpirada. *El tac, tac* de la tarjeta contra el plato. El *tac, tac* en mi cabeza. Desenchufado de ella, el bocho se pone a maquinar.

—¿Hubo otros? —digo mirando al techo.

—No jodás, Dogo.

—Contestá.

Su espalda se hace más grande al aguantar aire y palabras. Gira y queda boca arriba.

—Una mujer no puede estar sola. Y antes de que sigas preguntando, solamente con vos no me cuidé. Punto final. No vivas en el pasado.

Otros, pienso. Cuántos. Cómo. Dónde. *No vivas en el pasado*, me dice. Difícil, pienso, para un tipo que se pasó mucho tiempo sin presente ni futuro.

—Ahora estoy con vos. —Se acerca y me da un beso rápido en la frente que baja hasta la boca.

Tac. Tac. Tac. Peina. Arma. Vuelve a estirarse y revuelve en la cartera.

—¿No tenés algún prócer?

Del bolsillo del jean le paso un San Martín que no tarda en ser enrollado. *Snifff.*

—La puta madre —dice entre toses. Endereza el cuerpo y se sacude la nariz.

—¿Qué pasa ahora?

—Me confundí de bolsa. Esta es la mierda para vender. Estaba rebajando cuando golpeaste y guardé todo a las apuradas. La otra vuelta la agarraron a Sole. Se comió una noche adentro. Entre otras cosas. La terminó zafando porque dio un par de nombres. No me va esa. Entonces ando a la defensiva. —Vuelve a sonarse la nariz—. Es una bosta esto.

—¿Tan mala es?

—Está tan cortada con leche en polvo que es preferible que te hagas un Nesquik.

—¿Hay alguien tan pelotudo como para comprar eso?

—Pelotudos sobran. Se las vendo en los boliches a pendejos caretas. Les puedo decir que es pura y me van a creer igual. Ya se drogan nomás de tenerla en el bolsillo. Aparte, ¿qué van a decir? ¿Ir a quejarse con los viejos y decirles que la platita que les dieron se la tiraron en merca? Ni en pedo.

Vuelve a moquear y se rasquetea la ñata con el dedo gordo y el índice. Me da un beso en el pecho y otra vez se pone a pasar los dedos por el tatuaje. Su marca, para siempre. Le miro el orto. La huella de mis dedos apenas se nota.

—¿Pendejos de cuánto? —digo.

—Pendejos que pudieron elegir. Nosotros no. —Se va para el baño. Vuelve con el jean puesto y una musculosa—.

No te das una idea de lo que sale mantener un hijo. Ahora que estás acá, vas a saberlo.

Inclina el plato y pone la merca de vuelta en el ziploc, y el ziploc en la cartera. Saca otro, que tiene un *sticker* negro.

—¿Querés un café? —le digo y enfilo para la cocina.

Después de un *sniff* largo, escucho un *no*. Pongo la pava al fuego. Me paro frente a la heladera y descuelgo una foto vieja. Está tan llena de polvo que parece más vieja todavía. Los dos juntos en el cumpleaños del Tote. La última vez que la había visto estaba en el portarretratos al lado de la cama. Otros, pienso. Y me imagino la culpa mudando la imagen para el living. Ojos que no ven, concha que siente. Para cuando vuelvo a mirar, la foto está arrugada entre mis manos. La plancho lo mejor que puedo y la pongo en su lugar.

Ella aparece perfumada y pintada, con una colita en la boca y tratando de armar un rodete. Una cadenita se le pierde entre las tetas.

—¿A dónde vas? —le digo y me acerco por la espalda.

—Tengo que ir a hacer unos repartos. ¿Vas a poder cuidarlo hasta que vuelva?

—Mirá que a las ocho tengo que entrar a laburar —le miento.

—¿Los finde no laburabas a la noche?

—Todas las semanas me cambian el horario. Es un pijazo.

—¿Me vas a decir cuál es la tramoya que estás planeando?

—No volver adentro.

Se muerde los labios.

—Que te conozco, mascarita. No me quieras mentir —dice y se mira frente al espejo mientras termina de armar el rodete. Con los brazos arriba, la musculosa se le sube y puedo ver el *piercing* en el ombligo. Me pregunto qué queda de esa chica que me pidió que la acompañara a hacérselo porque tenía miedo, que me apretó la mano bien fuerte cuando le pasaron la aguja.

—¿Qué hacés con el bebé cuando no estás?
—A veces lo dejo solo. No pongás esa cara. Es un bebé. ¿A dónde te pensás que va a ir? Tiene su cunita toda linda y sus muñecos. Le dejás los dibujitos de fondo y listo. Otras veces la llamo a Marina.
—¿Estamos hablando de Marina Vives?
—Esa misma. ¿Cuántas Marinas me conocés?
—No sé. Anduviste haciendo muchas amistades mientras no estuve.
—Andate a la mierda —dice y se va para la pieza.
Tac. Tac. Sniff. Tac. Tac. Tac. Sniiifff.
—Hablando de amistades —dice cuando vuelve—. Dos cosas. Hoy a la noche, hay joda en lo de Iñaki. Cuando salgas del laburo, mandate que voy a estar ahí.

Las jodas de lo de Iñaki… mamadera. Si no estabas en un trío era porque no te pintaba. Había de todo lo que querías para comer, sobre todo por la nariz o los brazos. Iñaki se había birlado una de esas mierdas para hacer control de alcoholemia. Si no te daba positivo, no te dejaba salir.

—¿Y él?
—Le compré un trajecito relindo. No sabés lo pituco que le queda.
—¿Me estás jodiendo?

—¿Qué te pasó? —La mandíbula apretada sobresale como si se la hubiera atornillado—. Todos tenemos pibes ahora, así que en una de las piecitas armamos una guardería.

—¿Y la otra cosa?

—¿Lo viste a tu amiguito?

—¿A cuál de todos?

—Al Yunque, boludo.

—No, ¿por?

—Andan ofreciendo guita por él.

—¿En qué quilombo se metió?

—Ni idea. Pero no te vendría mal ir a buscarlo y conseguir esa guita. Los pañales no son baratos y con lo del estacionamiento no creo que alcance ni para los de tela.

—Vos tranquila, que plata no nos va a faltar.

Desde atrás, cierro las manos sobre su panza y le doy un beso en el cuello. Resaca o no, la guacha es linda. El llanto, de la nada, aleja.

—Alguien se puso celoso —dice y, dándose vuelta, me da un beso—. Andá vos, papi. Que tengo que terminar de arreglarme.

Me acerco a la pieza, con una sensación en las tripas como la que sentía al entrar a un banco con el fierro listo.

—Acá estoy —le digo—. Acá estoy.

Lo alzo. Me siento inútil. *Sh. Sh. Shhhh.* Lo llevo hasta la cocina, acariciándole la espalda, pero el bepi sigue llorando.

—Debe tener hambre —dice desde el baño—. Preparale una mema.

El agua está hirviendo y la apago con la mano libre.

—¿Dónde tiene la comida?

—En el primer estante, contra la pared.

Agarro la mamadera y le pego una enjuagada por las dudas. Sirvo el agua así de paso se va enfriando. Abro la estantería y encuentro la leche en un ziploc. El bepi se estira tratando de agarrarla.

—¿Cuántas cucharadas?

—Dos, dos y media.

Echo una. Algo raro en la manera que se disuelve, como si no tuviera color. Hecho otra y lo mismo. *No puede ser*, me digo. Pero sí. Meto un dedo y me lo ensarto en la encía. Merca. Purísima.

—No pasa nada —le digo al bebé que vuelve a llorar.

Abro las puertas de abajo de la pileta. Me agacho y veo el hueco en el que escondía la merca. Colgando, una bolsa a medio guardar. La pruebo y cuando veo que es la que necesito, la cambio de lugar con la otra. Enjuago la mamadera un par de veces para asegurarme.

—Que sos lento —dice ella y me sonríe—. No te preocupes. Ya le vas a tomar el ritmo.

Termina de prepararle la mamadera y se la da al pendejo.

—¿Podés cuidarlo al final?

Mejor que vos, seguro, pienso, pero me guardo la bronca.

—Veo cómo me arreglo.

—Llevalo al laburo de última y después a la fiesta. El trajecito está colgado con mi ropa.

—Yo me ocupo.

—Cuidalo a papá —le dice y le da un beso con ruido al bepi antes de irse.

El pendejo está chocho tomando su mema con los ojos cerrados. Le acaricio la cabeza, buscando sentirlo más cercano. No sé si funciona. No me da ni tiempo. Me mira con esos ojos verdes y me lo quiero sacar de encima y salir corriendo, como si más que un pendejo lo que estuviera sosteniendo fuera una granada. Para cuando termina de comer, se queda dormido y lo llevo de vuelta a su cuna.

No alcanzo a volver al living cuando escucho dos golpes en la puerta. Se habrá olvidado las llaves. Miro sobre la mesa, pero no las veo.

—¿Quién es? —pregunto. Nadie responde.

La mirilla está llena de grasa y no se ve nada. Abro.

—Buenas tardes —dice. Sin esperar a que termine de abrir la puerta, el Tuna Ferreira se manda. No está solo.

CAPÍTULO 16

—Dogo, querido —dice el Tuna y, junto con los dos que entraron, enfila para la mesa.

—Sea lo que sea que querés, no sé nada. Así que váyanse que el pibe está durmiendo.

—Tranquilo, animal. Que no vinimos a hablar con él.

Se acerca a la puerta del bepi y la juego de escolta. Los otros se acomodan en las sillas. Uno no sé si estaba la vuelta anterior, pero tranquilamente podría serlo. Tiene la jeta hundida detrás de la gorra, un jean y una chomba con algo que, más que cocodrilo, parece sapo. El otro seguro que no estuvo. No sé cómo hizo para pasar por la puerta. Más gordo que grande y seguramente la ropa que tiene la compró en una casa de carpas.

—Igual no creo que le falte mucho para hablar —dice el Tuna—. ¿Cuánto tiene? Siete, ocho meses, ¿no?

—Cinco.

—¿Seguro? Parece más grande. Te lo digo por experiencia. Yo ya voy por el cuarto con mi última jermu. Con las demás, ni idea.

—Los Ferreira no saben lo que es un forro —dice el flaco de gorra, despatarrándose en el sillón. Debajo de la visera, los dientes intactos me dicen que es el que se me cagaba de risa en la parada.

—No hay de mi talle.

—¿Probaste con una bombucha? ¿O te queda muy grande?

El Tuna dice algo que se pierde entre la risa ronca del gordo. Tentado, le pega dos piñas a la mesa y tengo que correr para agarrar la mamadera antes de que se haga mierda.

—¿No le dan la teta? —pregunta el Tuna.

—¿Qué te importa?

—Viciosa como ninguna.

—¿Qué decís?

—Que Lara siempre quiere la leche para ella sola.

Arranco para ponerlo cuando una barrera me corta el paso: la mano del gordo. Lo corro de un saque. El Tuna se levanta la remera y pone la mano en la culata dorada.

—Me combina con estos, ¿no? —Se golpea los jeans—. Y me juego que las balas que tiene combinan con vos. Son doradas, pero con el negro pega cualquier cosa.

Nos medimos unos segundos. Está lejos. El gordo me apoya la mano en el hombro. En un dedo tiene un anillo que tranquilamente podría ser un aro de básquet. Un agujero así me gustaría dejarle al Tuna. El bebé se larga a llorar. Quiero avanzar, pero me hace señas para que me quede quieto.

—Anda vos, Fede —le dice al flaco.

El gordo me da un empujón y me sienta de orto en una silla. El Tuna arrastra otra y se acomoda enfrente mío.

—Ya sabés por qué estamos acá, Dogo.

Fede vuelve con el pendejo en brazos. Ya no llora.

—No lo vi.

—¿Lo buscaste? Porque no parecés preocupado por encontrarlo. En el único lugar que te veo metiéndote es en la concha de ella y ahí no está. Y no porque no haya lugar, sino porque ya revisamos.

—Decí algo de ella de vuelta, y vas a tener que ser tan rápido de lengua como de manos.

—Tranquilo, animal. Pasa que tengo que picarte porque te veo muy calmo. Parece que no estás entendiendo bien la situación.

—Estoy tranquilo porque no tengo nada que ver en todo este quilombo.

—Nunca tenés nada que ver vos. —Cabecea para el pendejo que está jugando con la cruz del flaco que lo tiene a upa—. Parece mucho más grande que cinco meses. Nueve te diría. Bah, qué sé yo. No entiendo mucho de pendejos. De negocios tampoco, pero algo cazo. Me acuerdo de que tu querida novia tenía alta panza. El último mes no pudo ni laburar, pero igual nosotros le pusimos la teca. No te digo que fue un regalo, más bien un favor. Y necesito cobrármelo. Viste cómo es eso de que marido y mujer comparten todo, pensé que vos podrías devolvernos ese favor y encontrar al Yunque.

—¿Me querés decir qué carajo te hizo?

—Debe —y repite el gesto frotándose tres dedos—. Te banco que no sepas dónde está, pero yo que vos empiezo a patear las puertas que sean necesarias para encontrarlo. Por el bien de todos. Porque nosotros lo estamos rastreando, pero mi tío por la suya puso a su gente a buscarlo. Gente que no tiene la misma diplomacia que nosotros. Mirá lo que somos, hasta te cuidamos a tu pibe, ¿no, Fede? —El flaco levanta la cabeza y por fin puedo verle la jeta—. Fijate si no parecen padre e hijo. Hasta los mismos ojos tienen.

Todos juntos se ríen y las risas van quedando atrás a medida que enfoco en esos dos pares de ojos verdes.

—¿No será tuyo, no? —le pregunta el gordo a Fede.

—Ni en pedo, Monstro. Yo usé forros. ¿Te pensás que soy un Ferreira?

—A ver, troesma —dice el Tuna—. ¿Qué te parece si dejás de jugarla de niñero y buscás algo que me está haciendo ruido la nariz?

En la jeta de Fede, lo que al principio es una sonrisa desaparece cuando se me acerca, como si se metiera en un campo minado. Deja de mirarme a la jeta y me mira las manos. Los puños me tiemblan a medida que los desarmo para agarrar al pendejo. El flaco se da vuelta rápido y encara para la pileta.

—Che, Fede —dice el Tuna—. Vos que venís seguido, ¿las fotos esas son nuevas? —Señala las que están en la heladera—. Es la primera vez que las veo.

—Yo también. —Fede se manda al escondite. Saca una bolsa y se la pasa con un plato al gordo, que ya tiene una *gillette* lista.

—Fíjate que sea de la buena y no leche en polvo como la otra vez.

El Monstro se agacha y se toma un tiro grande como una curita.

—Es de la buena. —Le pasa el plato.

El Tuna saca un canuto de oro que brilla. El pendejo lo mira embobado y estira las manitos tratando de agarrarlo.

Después de que nariguetea, el Tuna se lo alcanza. Tiene un cacho de revoque en la punta.

—Guardá eso, chabón —le digo.

—Quiere jugar, ¿no ves?

—Pero eso no es un rasti. No sé cómo cuidas a tus hijos, pero acá no juegan con esa mierda.

—¿Desde cuándo?

—Desde que yo estoy acá.

—Así no vas a durar mucho.

—¿Vos decís?

—Yo no digo. Hago. —Y cabecea para el costado.

El gordo se levanta y me encara. Tengo que dejar el bepi en el sillón. Dejarlo y repartir. Pero Fede se suma y los dos juntos me arrinconan. El sillón queda detrás de trescientos kilos y cuatro guantes que aparecen y me miden. Fede desarma uno y me hace gestitos para que me acerque.

—¿Qué te pasa que corrés? ¿No era que sos poronga?

—¿Tan machitos son que le van a pegar a un bebé?

—No será el primer pibe que fajo —dice el Monstro.

Siempre cubrite la cabeza y la panza. Siempre. Y pongo la derecha en la bocha del bebé y la zurda en su espalda. Los dedos no me alcanzan para cubrirlo todo. Parece más grande, más desprotegido. Lo aprieto contra el pecho que se humedece cuando me babea. Su manito se cierra y se abre, apretando la remera. Late. Parece que tuviera dos corazones que se aceleran cuando siento la pared contra la espalda. Amago una patada, pero solo Fede retrocede. Lo aprieto más fuerte todavía. El gordo se acerca y tira el brazo para atrás, cargando la piña. Giro, pongo la espalda.

—Basta —dice el Tuna—. Que roto no va a poder encontrar al Yunque.

Fede me mira y levanta el mentón. El gordo maraquea el índice y juntos vuelven para la mesa. Me despego el bebé del pecho. Está llorando.

—Al final, la mejor manera de bajarte la guardia era darte un hijo —agita el Monstro.

—¿Qué me contás? Una mina fue la que tumbó al Dogo.

—Siempre es así, Fede —cierra el Tuna, mientras se arma una línea—. Una concha es más peligrosa que el mejor de los puños.

Entierra la jeta y se toma otro tiro. Acaricio al bebé, que empieza a calmarse con cada palmada que le recorre la cabeza.

—Fijate si hay una birra, Monstro —dice.

El gordo se para, quiere meter la mano en la manija de la heladera pero no le entra, así que manda un dedo en garfio por el costado y la abre.

—Hay una Santa Fe nomás.

—Merca de primera y birra de cuarta —niega con la cabeza—. Pasala igual.

El gordo sirve tres porrones y toma del pico el culito que queda.

—Vos sabés lo que me gusta escabiar a mí —dice el Tuna y se acoda el vaso—. Irme a un barcito con alguna mina de trampa, tomarme un champú. Todo de carpuza, viste. Así que tengo lindo historial de antros recorridos. Las minas siempre cambiaban. Lo que no cambiaba era el ruido de fondo. Nunca faltaban un par de viejos jugando al truco por porotos y hablando de vos y de tu amigo. La figurita repetida era la del Dogo contra Irusta. Me la contaron mil veces, pero nunca de la misma forma. Hasta llegué a escuchar que le habías hecho la grulla. Ojota, como diría mi tío, todos terminaban con Irusta viendo cómo el hueso de la gamba le salía para afuera corte bandera blanca.

Ataca el primer sorbo y pone cara de asco.

—Tiene gusto a concha de vieja esto.

—Si vos lo decís —dice Fede—. Yo no ando metiendo la jeta ahí.

—Si tu vieja me pide un favor, yo se lo hago y punto.

Fede le revolea un almohadón.

—Cortala, que estoy tratando de que nuestro amigo entre en razón. ¿Qué te estaba contando? Ah, sí. Te decía… Te guardaron y las historias seguían dale y dale. Y de un día para otro, pum, me cambian el dial. Estoy laburándome una morocha y de rebote escucho que empiezan a hablar de un tal Tótem. El Tótem Escalada. Decían que estaba haciendo desastres en lo de Dalmiro. Los rivales tenían más chance de ir con San Pedro que de poner una mano. La morocha me dijo que lo conocía. Que ella laburaba en lo del chaqueño y era la que presentaba el segundo round. Cuando peleaba el Tótem, sabía que tenía un recreo porque nadie llegaba a su turno. Esa noche el vago tenía un combate. Fui para ver si era tan guapo como decían. Y la verdad fue que colgué. Aproveché la pausa de la pelea y me la cogí a la morocha. Pero a la semana volví y ahí sí lo fiché. No sabés lo que era el chabón. Uno y dos, y a otra cosa.

El Tuna se ríe y se acomoda la nariz. El gordo estira la mano y agarra el plato.

—La movida fue que se empezó a quedar sin rivales. Les ofrecían bocha de guita para que pelearan con él, pero de qué te sirven diez lucas si, con suerte, las tenés que gastar en yesos y sillas de rueda. De vez en cuando había algún gil con sobredosis de películas de Van Damme que se quería hacer el héroe. La primera mano la veían bien. Era la única. Cuando volvían a ver otra, esa venía con una voz que les decía ¿cuá*ntos dedos ves?*

—¿Vas a algún lado con esto?

—Tranca —dice y vuelve a tomar la birra. La cara de asco es la misma. Gira el cuello y lo mira al Fede—. Es imposible esto. Al menos tu vieja me la chupaba después.

Otro almohadonazo vuela.

—Apurate, discurso —dice el Monstro—. Que me estoy perdiendo el partido.

—Dogo, no te ofendas, pero a mí nunca me gustaron los perros. Desde que me mordió uno en lo del Grasa, no los puedo ni ver. Seguro lo ubicás al gordo. Tenía tres rottweilers que crio a los golpes. Los tenía sin comer varios días y después les tiraba un conejo. Todos comían. A Bugs Bunny el que lo agarraba. Los otros dos, una paliza. El gordo les cagó la cabeza. Podían tener el plato lleno, comerse un lechón o un negro entero, pero siempre iban a estar con hambre de furia. De sangre. Y el Tótem es así. Le importaba más romper una jeta que cobrar un cheque.

>>No tuve grandes ideas en mi vida. Me casé tres veces. Así que muy listo no soy. Pero cuando lo vi a Escalada, me sentí como el que descubrió al Diego en Cebollitas. Le conté a mi tío. En nuestro negocio, siempre hay rivales y, siempre

pero siempre, se necesita violencia. Empezó a laburar para nosotros y ahí arrancó otra leyenda. Le dimos un trabajito. Ajustar las cuentas con unos perucas que andaban vendiendo en nuestra zona. El chabón los encontró y nos llamó para que fuéramos a cobrar el botín.

>>Mirá que Germán me hizo ver todas las de Freddy, me morfé *Hellraiser* tres veces y me cagué encima con *La masacre de Texas*, pero, loco, cagazo como el que tuve cuando fui a donde estaban los perucas, nunca en mi vida. Cagazo de querer salir corriendo y nunca volver. El Tótem se había puesto creativo. Primero vi los fiambres todos tirados en el piso. Nada raro. Hasta que nos dimos cuenta de que no tenían cabeza. Rivera, que estaba conmigo, lanzó todo. *Por acá*, nos dijo Escalada. En un cacho de alambre de hormigón, había hecho una *brochette* con las cinco cabezas. *Los que joden con el Tótem terminan en un tó*tem, dijo. Y no te cuento esto porque estoy gagá y hablo de los viejos tiempos. Te lo digo porque mi tío puso a este muñeco a buscarlo al Yunque. Hacía rato que lo teníamos con la cadena puesta y ahora que está suelto, agarrate. El loco ve la oportunidad que le quedó inconclusa en el ring, quiere cargarse a tu amigo y anda con los dedos cruzados para encontrarte a vos también. Dice que no le durás ni un *round*. No sé vos, pero a mí no me gustaría estar en la lista de este tipo.

—Vos porque tenés el gancho de una pendeja de quince.

—¿Alguna vez te dieron con una caja fuerte en la jeta? Porque así dicen que se sienten las trompadas del chabón. Todavía nadie sabe cómo se siente pegarle a él, pero no debe ser muy diferente.

—Después te cuento.

—Sos un boludo, Dogo. Haceme el favor. Hacete el favor. Encontralo al Yunque antes de que lo encuentre el Tótem. Todos salimos ganando y nadie pierde la cabeza.

El gordo se apoya para levantarse en la mesa y casi la da vuelta. El plato queda haciendo surf en la punta. Fede se tira de cabeza para agarrarlo y la silla en la que estaba queda de costado. Guarda la merca en el escondite.

—Te diría gracias por las birras —dice Fede—. Pero de ahí a que esto sea cerveza hay un mundo de distancia.

—Nos vamos a estar viendo, contá con eso. La próxima vez espero que tengás una dirección, o mi tío va a tener que hablar con vos. Y él es bastante más persuasivo que yo.

Mira el vaso que está por la mitad, duda y lo deja.

—Quiero llegar a los treinta —dice—. Espero que vos también. Pero si no movés el orto, te vas a quedar en los veintiocho.

—Saludos a Lara —dice Fede y vuelve a levantarme el mentón. El gordo no se gasta en saludar y se pone de costado para salir por la puerta. Panza y espalda se arrastran contra el marco.

—Nos vemos, Dogo —dice el Tuna y cierra la puerta.

El living parece un campo de batalla. Las birras a medio tomar, la silla dada vuelta y la mesa torcida. El plato con líneas de merca, como siluetas de tiza sobre el asfalto. No hace falta ser adivino para saber que mi futuro es parecido.

La muerte no es lo único que se siente más cercano. El pendejo me mira y sonríe. Me aprieta un dedo con las dos manos. Los ojos verdes no joden tanto. Le doy un beso en la cabeza y no sé si es por los nervios o qué, pero le devuelvo la sonrisa.

La puerta vuelve a abrirse, el Tuna asoma el hocico.

—Una cosita más. Al bebé no le va a pasar nada —dice—. Nosotros nos metemos nada más con los que son tuyos.

CAPÍTULO 17

—Un amigo en problemas y un bebé con una amenaza bajo el brazo —dice Ocki—. Lindo combo.

Se mira las uñas recién pintadas de rojo. El olor a esmalte no termina de irse y se mezcla con el del café. Dos tazas que ya no humean son lo único encima de la mesa aparte de mis codos. Las manos me enjaulan la jeta.

—¿Vas a poder cuidarlo? —digo.

El bepi, sobre la cama de Ocki, está entretenido, mirando su cara en los espejos-portarretratos. Gira la cabeza, se pasa la mano por la cara.

—Si no podés, está todo bien, pero si esperaba que llegara ella, no sabía si iba a poder contenerme, y preferí cortar por lo sano. Aparte, a donde voy… a donde vamos, va a estar mejor acá.

—No hay problema —me corta.

El bebé mira primero a Ocki y después al Mickey en la remera de ella. Abre y cierra las manos, estirando los brazos. Balbucea algo. Ocki encara hasta el placard, revuelve un par de cosas, hasta que saca un Mickey de peluche. Le pega un par de sacudidas y, una vez que le saca el polvo, parece más chico. El bebé sonríe, y la sonrisa se hace más grande todavía cuando Ocki hace que el Mickey se acerque caminando hacia él. Babea y aplaude al mismo tiempo. Cuando el ratón está lo suficientemente cerca, pega el manotazo y lo atrapa.

¿Dónde mierda te metiste, Yunque?

—¿Y qué pensás hacer con tu amigo? —dice ella, sentándose de vuelta.

Miro el fondo de la taza, como si en el café frío pudiera encontrar una respuesta.

—Para leer la borra se te va a complicar con un instantáneo.

Levanto la cabeza y le sonrío.

—Ayudarlo.

—¿Es muy jodido el quilombo en el que está?

—Del tipo que si no lo solucionás, con suerte, terminás en una zanja.

—Y vos estás dispuesto a estar al lado. Para bien o para mal.

Vuelvo a mirar el reloj. Cinco minutos pasaron nomás.

—En el bar donde nos juntábamos con el Yunque, había un grupo de veteranos de Malvinas. Temprano siempre andaban uno o dos sueltos en la barra y charlaban con el que estuviera al lado. De boxeo, fútbol. Poco más. Cuando llegaban todos, te saludaban y se iban para su mesa en el fondo. Ahí ya los perdías. Hablaban entre ellos nomás. Pero cuando más unidos estaban era cuando se hablaban con los ojos. Porque ahí, callados, se decían todas las cosas que no se podían admitir, porque las palabras se quedan chicas para algo tan grande como lo que pasaron: una guerra juntos. Eso es lo que me une al Yunque. La clase de hermandad que nace de haber alejado a la guadaña hombro con hombro. Y ya lo hicimos varias veces. Siempre que la parca se acerca con tu nombre en la lista no se va hasta que te lleva o le das a otro en tu lugar.

—¿Los Zelaya? —dice ella, tímida.

Asiento con la bocha.

Cinco años atrás, en el bar. Tony repasando un vaso con un trapo que, más que secar, ensucia. *Es tuya, Juan* sonaba de fondo y el resumen de un cero a cero en una tele sin volumen. El Chapu acercándose a los tumbos y abriendo la jeta. *Los Zelaya*, alcanzó a decir y, cuando los pulmones volvieron a darle aire, agregó: *Los vienen a buscar. ¿Quieren otra paliza?*, preguntó el Yunque. *No. Esta vez con los fierros. Quieren la guita. ¿Qué decís? Los vi. Estaban en lo de Ramos, batiendo que te iban a sacar la guita o la vida.*

Nos miramos con el Yunque. El Chapu se vació mi vaso de birra y después el otro. La gorra nos estaba fichando hacía unos días, así que ninguno estaba calzado. No importaba. Debajo de la barra, Tony tenía de todo menos un vaso limpio. *No es seguro*, le dije cuando le pasé la plata de carpuza. *Pero por las dudas*. Nos hizo pasar para la cocina. *Por esa guita tenés esto*. La escopeta calibre 12 me tentó, pero terminé agarrando una nueve. *Era de la cana. Pero quedate tranqui, que el número está más lijado que el buje de la Salomón*. El Yunque cazó un 38. *Salgan por acá*, y nos marcó la salida que daba para el costado del local.

El Chevy de los Zelaya estaba enfrente. Vacío. Debajo de un árbol, dos puntos rojos se prendieron y apagaron. Dimos la vuelta y cuando le apoyé el fierro en la nuca al Rolo, el cigarrillo fue a parar al piso. *Quieto*, le dije. Con la mano libre, les sacamos los chumbos y nos los guardamos en la cintura.

Así que la guita o la vida, dijo el Yunque. *Ustedes no la entienden, ¿no?*

Loco, queríamos nuestra parte nomás.

Arrugaste el ojete, Walter, apuró el Yunque.

Te vamos a dar algo mejor que la guita, dije. *Les vamos a perdonar la vida. Sé que la de ustedes no vale mucho, pero no se hagan drama, no les voy a cobrar la diferencia. Eso sí... vuelven a joder y la próxima nos la vamos a cobrar toda junta.*

La patada en el orto lo desparramó en el suelo. El cigarrillo del Rolo todavía seguía humeando. Miré las colillas en el piso. Iban cuatro cada uno. Debajo de mi zapatilla había unas cuantas más. *Che*, alcancé a decir. El *falta uno* no hizo falta que lo dijera porque apareció. No llegué a verlo. Tampoco a lo que me pegó en la cabeza. Recién cuando estuve en el piso, pude ver que era una viga de madera.

Había perdido la nueve. Busqué en la cintura el fierro de Rolo. Solo encontré el cinturón. La cabeza me latía. Me llevé la mano a la frente y me pinté los dedos de rojo. Relojeé de acá para allá, hasta que ubiqué mi fierro; estaba a la derecha del Rolo. Lo levantó para apuntarme. Buscó mi cabeza. El Yunque encontró la suya primero. La punta del 38 le rozó la marola y terminó en el piso, donde ya lo esperaban los otros dos. La viga de madera estaba partida a la mitad al lado del tercero, que trataba de sacarse una astilla del cachete. Walter gateó hasta su hermano. Antes de que llegara, el Rolo se levantó hecho una furia y se me vino encima. El derechazo le entró de lleno, pero siguió y me llevó puesto. Caí de espaldas. Sentí una mano y otra al costado de la bocha. Le metí dos rodillazos en los riñones y cedió. Me lo saqué de encima con una trompada. Rodó y la jeta le quedó de frente al fierro. Estiró la mano para agarrarlo. Un par de huesos de la mano hicieron crack cuando los pisé.

No la querés entender, ¿no?

Me agaché y me calcé su chumbo en la cintura. Estaba mambeado y di unos pasos en falso hasta que pude pararme bien. Recién ahí me acerqué y con la culata de la 9 mm le volví a romper la nariz. Cuando se levantó, tenía toda la jeta sangrando.

La tercera es la vencida, Rolo.

La próxima, dijo y tuvo que parar para limpiarse la catarata que le tapaba ojos y boca. *La próxima ni se van a enterar. Ni ustedes ni los suyos. Les voy a meter tanto plomo que para levantarlos van a necesitar una grúa.*

Lo miré. Un párpado se me cerró cuando la sangre llegó desde el corte en la frente hasta el ojo.

Voy a tener que creerte, le dije.

El tiro lo hizo girar y aterrizó como un muñeco de trapo. El brazo se dobló y quedó debajo del cuerpo. No pude ver dónde le dio el balazo. La cara era una mezcla de sangre y pelo.

¡Rolo!, gritó Walter.

No te escucha. Ahora preocupate vos por escucharme. Sé más pillo que tu hermano. O vas a terminar igual.

Me clavó una mirada llena de lágrimas, pero sobre todo de odio. Amagó con decir algo. Lo que terminó saliendo de su boca fue el nombre de su hermano. Lo gritó una y otra vez. Cuando nos subimos al auto, todavía se seguía escuchando.

Apoyé las manos en el volante y me quedé duro. No sé cuánto tiempo estuve así. El Yunque me golpeó el hombro y me pasó un trapo. Lo miré sin entender y me señaló el corte en la frente. Bajé la vista y vi que tenía la remera llena de sangre.

¿Que hice?, pregunté.

Eran ellos o nosotros, me dijo.

La frase me quedó rebotando. Seguía ahí cuando lo dejé con los suyos y seguía todavía cuando me metí al aguantadero. Recién desapareció cuando Lara me abrazó.

Dejo de mirar dentro mío y levanto la jeta para ver a Ocki. Se saca el dedo de la boca y puedo ver que tiene la uña despintada. El bebé está palmado boca arriba en la cama. Parece un borracho, pero en vez de la botella, al final de su mano está el Mickey.

—Estoy seguro de que Walter me escuchó esa noche y sabía que iba en serio. Pero es difícil escuchar algo más que la bronca cuando te está meta comer la oreja. Mezclá nafta y fuego y vas a explotar. Mezclá dolor y odio, y vas a volar vos y unos cuantos más.

Vuelvo a verme llegando con ella a mi antigua casa y encontrarla con la puerta tumbada y ni un vidrio sano. Los vecinos me dijeron que vieron pasar el Chevy con Walter y otro más colgados de la ventanilla con las automáticas.

El Yunque sí alcanzó a ver el auto. Estaba sentado en la puerta de su rancho cuando lo vio doblar. Se metió para adentro, y le dijo a su esposa que se pegara a la pared del fondo y se agachara. ¡Ariel!, gritó ella. Él la frenó y se fue corriendo para la pieza del pendejo. Ni bien alcanzó a entrar, las balas rompieron las ventanas y le dieron cuerda a los adornos encima de la cuna, que empezaron a moverse y a caerse a pedazos. Me contó que cuando terminaron los tiros, lo único que se acuerda es el ruido del sonajero a medida que se acercaba a algo que no sabía si era cuna o cajón. Estaba a un paso cuando escuchó el llanto. Ariel estaba tapado por polvo y cachos de adornos rotos. Sano y salvo. Lo llevó con su mujer, que seguía en el piso. Los abrazó con una mano a cada uno. *Nunca más*, le dijo ella llorando. *Nunca más*, le respondió el Yunque y le apoyó la mano sobre la panza de ocho meses.

Ocki se muerde los labios. Ya son dos las uñas con la pintura arrancada a mordiscos. El timbre la hace saltar en la silla y se ríe nerviosa.

—Me gustaría decirte que ese fue el último round con los Zelaya —le digo y atiendo el portero: el Yunque—. Ya bajo.

El bebé mueve los pies, aprieta los ojos, pero queda un amague y sigue apolillando.

—Gracias —le digo y los despido a los dos con un beso en la frente.

CAPÍTULO 18

El Yunque está apoyado contra el Senda, de brazos cruzados y con la jeta enterrada detrás de una gorra. Cuando me reconoce, me guiña un ojo.

—Puntual nunca, ¿no? —digo.

—A los puntuales se la dan más fácil. —Golpea el capó del VW—. Vamos en este.

—¿Y el Duna?

—Lo dejé con el tanque lleno en el mismo lugar donde lo encontré.

—Qué considerado.

—Ya me busca mucha gente para agregar a la gorra. Y hablando de eso, yo manejo. A vos te gusta más pisar el acelerador que a Kiss pollitos, y no quiero levantar la perdiz.

—¿Levantar la perdiz? ¿Posta? ¿Ochenta cumpliste?

—Acá el que cumple por siete sos vos.

Se sube el auto y se estira para abrirme. Las manos le brillan.

—¿Dónde mierda estuviste? —le digo señalándole granos de brillantina atrapados entre los pelos de la mano.

—No querés saber. Fue en el laburo de Chumbel.

—¿Encontraste lo que te pidieron?

—Eso y muchas otras cosas que no hubiera querido. No se va más esta mierda —dice y se saca un grano de brillantina—. Es peor que el olor a concha en las uñas. Me bañé dos veces y todavía no se termina de ir.

—¿Dos veces? Con razón no te reconocía. Estuviste bien ahí. Rambo para camuflarse se tira tierra encima, vos te la sacás.

—¿Desde cuándo chistoso?

El cuello de la remera tiene un par de gotas rojas.

—¿Y eso?

—El amigo de Chumbel tenía tanto para decir que hubo que sacarle un par de dientes para que pudiera largar todo. —Pasa los cambios. Agarramos velocidad—. ¿Me querés decir de quién era la casa esa?

—Una conocida. ¿A dónde estamos yendo?

—A ver a alguien que tiene una punta para encontrar a Rufino.

—¿Alguien al que le hacen falta anzuelos para que cante?

—No te preocupes que esta vez yo traje la carnada. —Se palpa el bolsillo—. Vamos a ver a Emily, la ex de Rufino. Si hay alguien que sabe dónde ubicarlo es una ex resentida que quiere verlo hecho mierda. El chabón la pateó a la calle porque digamos que usó demasiado de su polvo para la nariz.

Cada vez hay más pelotudos sueltos, dice y esquiva un Regatta mientras le regala un par de bocinazos y puteadas a la pasada.

—¿Te acordás de la estación de servicio a la vuelta de lo de Román? —sigue—. Cerró a la mierda. Todos los días cierran una para hacer un edificio. Ahora te volvés puto para encontrar un lugar donde cargar nafta. La cosa es que en ese terreno colgaron y lo dejaron abandonado. Un par de chicas lo están usando para laburar. En lo que era el baño de mujeres vamos a encontrar a nuestra amiga Emily. Lo único que falta es que te venda un pancho y tener los tres mejores placeres juntos. Coger. Comer. Cagar. La triple C. Y hablando de C, ¿no me vas a decir quién es esa conocida? ¿O debería decir la otra?

—No digas boludeces que apenas puedo con una.

—¿Volviste a verla?

—Sí. No fue la única a quien volví a ver —hago una pausa—. Los de Ferreira aparecieron de nuevo a romper los huevos. ¿Me podés contar de una puta vez en qué estás metido y qué carajo tiene que ver Rufino?

El semáforo nos agarra. Frunce la boca.

—Le debía unos mangos a Ferreira de unas carreras de burros. Cuando me enteré lo de la pelea, quise apostar buena guita, pero hasta que no pagara no iba a tener crédito. Así que usé la plata del laburo de Chumbel para saldar la deuda. Total, en unas horas la iba a recuperar. Ya sabés lo que pasó y ahí los números me dieron otra que rojos.

El semáforo cambia. El Yunque dobla y salimos de la avenida. Los edificios desaparecen y dejan lugar a las casas bajas, el neón a los focos apagados a piedrazos o escondidos entre las ramas de los árboles.

—La movida fue que se me acerca Ferreira y me propone una manera de quedar a mano. Sabino, uno de los que rancheaba con el Tuna, se había birlado un ladrillo de merca zarpada en pura. Había que hacerlo cagar fuego y recuperarlo. Estaba atrincherado en la piecita de atrás de un bar que maneja la barra de Ramírez. ¿Los ubicás?

—Ni en pedo.

—Yo tampoco. Pero los Ramírez sí ubican a los Ferreira y viceversa, hace rato que la vienen jugando al estilo lejano oeste. Vos me matás uno, yo te mato otro. Así que ni bien veían caer a alguno conocido, le daban el aviso a Sabino y perdían. El gordo Ferreira me la hizo fácil. *Para mañana voy a tener algo en mi bolsillo. Si no es lo que me debés, es lo que Sabino se llevó. Y para mañana, unas cuantas balas van a estar en una cabeza. En la de él o en la tuya.*

>>Me mandaron con el Estatua García de refuerzo. A ese sí lo tenés que ubicar. El loco la va de bola de billar, yendo de una banda a la otra. Entramos por atrás. Dos puertas abajo después lo encontramos a Sabino. Pum. Pum. Y a otra cosa. El Estatua encontró el ladrillo. *De esto me encargo yo*, dijo y me pegó un culatazo en la nuca. Para cuando me levanté no estaban ni él ni la falopa.

El Yunque aprieta los dientes y la mandíbula le tensa la piel.

—*El trato era por recuperar la merca*, me dijo Ferreira. *La deuda sigue en pie*. Ni siquiera me descontó algo por hacerlo bosta a Sabino. *Para bajarlo gente me sobra. Tengo pendejos que por dos tizas se cargan media familia, y por tres, la entierran. Pero en esos no puedo confiar. Ven la frula y los pierdo.* Un garca el hijo de puta. Y ahí me volvió a tirar la misma movida, pero cambiando los nombres. *Tráiganme la cabeza del Estatua García. Una semana. La guita o la bocha.* Y esa semana se acabó hace unos días.

El Yunque me mira, se saca la gorra y la revolea para el asiento de atrás.

—El quilombo vino cuando empezaron a boquear que el Estatua estaba entongado con Rufino. Es uno de los pocos que no venden para Ferreira. Y digamos que el único que le hace algo de pelea. Algo nomás. Cosa que al gordo le cayó como el orto. Empezó a ponerle un billete más a la yuta para que lo hicieran cagar. Cuestión que Rufino levantó campamento y anda escondido. Y me llegó el dato de que el Estatua está escondido con él. Sabe que si lo ven... Así que Rufino es el único que puede decirme dónde mierda se metió. Y si no —otro semáforo nos frena y aprovecha para hacer una pausa—, le voy a sacar algo más que un nombre. Es lo mejor que se me ocurre. O lo encontramos. O le robamos.

Me tomo un tiempo para acomodar las fichas. Necesito un trago. De lo que sea.

—¿No tenés otro laburo en carpeta? —digo.

—Para la guita que debo no alcanza con robar un vuelto. Necesitamos algo groso. Un banco. Y nosotros dos solos no podemos. Ni pienso en meter alguien más. Soy guita fácil. —Arrancamos de vuelta. Calles solitarias, de barrio—. Entiendo que no quieras volver a salir de caño. Yo no puedo andar asomando mucho la jeta por ahí y necesito ubicarlo al Estatua. Rufino es la carta más segura que tengo. Lo único que te pido es que me ayudes a encontrarlo: llegado el caso de que García no esté y haya que usar los fierros, vos sabrás si te sumás o no. A mí no me queda otra que ir por todo.

La desesperación le toma la jeta y se mezcla con la desolación que nos rodea. Donde termina el auto, termina el mundo. Lo único que el Yunque tiene es un amigo. La mayoría de las veces, es lo único que se necesita. Asiento con la cabeza y la sonrisa achica la desesperación en su cara.

—¿Saben algo los Ferreira? —dice.

—No tienen ni la mínima idea.

—Mejor. Debe estar desesperado el Tuna. Sabino lo hizo quedar como el ojete con el tío. Si los ves, deciles que te dijeron que andaba por donde se te ocurra. Despistalos. Así de paso ven que colaborás y nos los sacamos de encima.

—No creo que mandarlos a la mierda cuente como colaboración.

—No importa. Ganamos tiempos. Para cuando se den cuenta de que es mentira, ya voy a tener al Estatua o la guita.

Salimos a la avenida y las luces vuelven a iluminar la noche. Grupos de pibes en las mesitas de afuera de los bares, la previa para los pocos boliches que abren los jueves.

—Ahí estamos. —Estaciona el auto.

—Te estás poniendo viejo —digo—. Antes no te hubiera descansado un gil como el Estatua. —Asiente pesadamente—. Ojalá vos lo hubieras madrugado.

—Ojalá.

Nos miramos. Estamos cansados. Cierro los ojos. Vuelvo a ver a Lara. Los abro. Nos veo. Somos la resaca de lo que fuimos. Todos.

—Ahora quiero ver cómo estás vos, Rocky —dice—. Espero que no estés oxidado.

—Ya nos daremos cuenta. —Y bajo.

CAPÍTULO 19

Ni bien pisamos la vereda de la estación, el Yunque se manda una mano dentro de la campera y saca algo. Se escucha un aerosol.

—¿Me estás jodiendo? —digo—. ¿Desodorante?

—Ni ahí. *Off*. —Me muestra la etiqueta—. Me lo dio Chumbel. Dijo que ahí adentro te chupan más los mosquitos que las minas. ¿Querés?

—Guardá eso.

—Después no digas que no te ofrecí.

—Hagámoslo lo más rápido posible y listo. —Me pongo al lado de él—. La verdad que tiene el mismo olor que el perfume que usás siempre.

—Matate.

La estación está cercada por alambres y carteles viejos. En el único lugar libre, un tipo con campera de la selección y manos en los bolsillos nos dice:

—Diez por cabeza, el resto lo arreglan adentro.

El Yunque paga por los dos y el tipo nos deja pasar. En lo que era el autoservicio, una luz roja se filtra por los vidrios pintados de blanco igual que en una obra. Escalas de gemidos se mezclan con el ruido de dos autos corriendo una picada.

—Por acá —dice el Yunque.

Al cartel del baño de hombres le agregaron tetas.

—Por lo menos no es ahí —digo.

Uno de los muchachos sale. Tiene una peluca de pelo de perro y una pollera que parece una cortina de baño.

—Pasen con Kristal y no se van a arrepentir —dice. Tiene la voz del negro de *Arma mortal* diluida con agudos chillones—. Diez el partido. Veinte con revancha.

—No, gracias.

—Pará —salta Kristal—. ¿Vos no sos el Dogo? —Sale de las sombras—. Sí. Ídolo. Yo te vi pelear desde chiquita. Siempre quise que me pusieras una mano encima. Pasá y con vos, el perrito es gratis, papi.

—Gracias, pero hoy no vine por mí. Traje a mi amigo a debutar.

—Andá a cagar.

—Y sí —dice Kristal—, con ese perfume que usa, la única manera que la ponga es pagando.

Lo agarro al Yunque antes de que le salte la térmica o boquee una de más.

—Suerte —le digo.

—Ustedes se lo pierden.

—Lindos fans tenés —me dice el Yunque por lo bajo.

Doblamos y al fondo vemos el cartelito del baño de mujeres al lado de una lamparita roja. Algo me pica el brazo. No sé si es un mosquito o un murciélago. Podría ser cualquiera de los dos.

—Yo te avisé —dice.

En vez de una puerta de plástico, la que traspasamos está hecha de olores. A mugre y a encierro. A mierda pisada y acumulada. Tranquilamente puede haber un gato muerto adentro. O una mina. Donde estaban las canillas, un par de velas prendidas rodeadas de kilos de cera derretida. En el espejo, palabras. *Abortos. Cubanas. Madre e hija.* Todas con un número abajo.

Me llevo la mano a la boca. El olor a podrido es más fuerte cuando llegamos a la primera puerta. Una vela encima de la mochila es toda la iluminación. Detrás de un tornado de moscas que nos ataca, una chica sentada en el inodoro. No sé si está viva o muerta. Recién cuando los zumbidos dejan de estar adelante y pasan a las orejas, puedo ver que se mueve. Tiene manchas de las tetas para abajo. Quiere hablar, pero lo único que sale de su boca es una tos.

—¿Emily? —pregunto.

Cuando consigue parar de toser, se lleva una mano a la garganta y se la masajea. Se llena lo que le queda de pulmón sano con el aire viciado. La tos vuelve a doblarla. Escupe. Endereza la espalda. Intenta hablar, pero sale un zumbido, como si en el pecho tuviera parte de las moscas que desaparecieron. Con el dedo nos marca los cerámicos de su derecha. *PT: 10. V: 15. A: 25.*

—No venimos por eso —le dice el Yunque.

De la última puerta llegan gemidos de hombre. Con la otra mano, la mina nos marca a la izquierda. *Mear: 50. Cagar: 100.*

—Puta madre —digo.

Mueve la gamba y lo que era una mancha negra en el gemelo se desarma en una nube de moscas. Siento la arcada y me la aguanto. El reflujo ácido en la garganta me quema como el peor de los whiskies.

—Concha de mi vieja —dice el Yunque y me arrastra para el fondo. Los gemidos del chabón crecen. Un par de dedos aprietan el borde de la puerta cerrada.

—¿Emily? —pregunto.

—Tiene la boca ocupada, monito.

El Yunque pega el tirón y abre. El flaco se queda con un cacho de madera en las manos. Hay una mina arrodillada, que deja de apretar el chaleco del flaco y se desenchufa de él.

—¿Qué hacés, monito, la puta que te parió? —dice el flaco, que se apura a guardar la chota.

—Tenemos que hablar con la chica. Danos diez minutos y te la devolvemos.

—¿Quiénes se piensan que son?

—Alguien que está apurado.

—¿Sabés quién soy yo, monito?

—¿Te gusta la sopa?

—¿Qué tiene que ver?

—Contestá.

—No, monito.

—Si te quedás, es lo único que vas a poder comer.

El tipo aprieta los dientes. El que está menos torcido parece la Torre de Pisa. El Yunque lo caza del chaleco y lo saca.

—Ya vas a ver, monito.

—Chau, monito tití.

Mientras el flaco se va puteando, el Yunque estira la mano para ayudar a levantar a la chica. Tiene pocos pelos, pocos dientes y poca nariz. El top le queda grande y la pollera de jean usa de cinturón un pedazo de cable.

—¿Emily? —vuelve a preguntar el Yunque.

—Sí —dice ella y se sienta en el inodoro. Dos velas hacen bailar las luces en su cara—. ¿Qué quieren?

—Información.

—¿Te parece que esto es atención al cliente?

—Me parece que es un lugar donde la gente se gana la vida usando la boca. Yo no vengo a meter nada en la tuya. Vengo para que vos me des algo a mí.

—Te confundiste. La que te vomita encima es la del primer box.

—Sos hermosa, Emi. Escuchame bien, vengo para que me des información.

—Eso sale más caro.

—Me imaginé.

—¿Qué precisás?

—Estamos buscando a tu ex, a Rufino —le digo y me asomo a la puerta, encerrándola.

—¿Son putos?

—No, pero le queremos romper el orto —salta el Yunque.

—¿Qué les hizo?

—Menos preguntas y más datos.

—Ayudanos —digo—, y el que va a terminar de rodillas va a ser él. No vos, linda.

—Necesito hacer memoria y no puedo pensar con la nariz vacía.

El Yunque le muestra una bolsita de merca como se le muestra un hueso a un perro.

—Te va a salir más caro que eso.

Rasquetea en el bolsillo y saca otra.

—Vine preparado. Una ahora. La otra cuando me des lo que necesito.

Le tira la bolsita. Emily la ataja. Del piso, saca una *gillette* y se peina dos tiros sobre la mochila del inodoro. Con un billete enrollado se toma uno a la ida y el otro a la vuelta.

—Ahora sí, nariz llena, corazón contento.

—¿Dónde está Rufino?

—No sé dónde está ese hijo de puta. Tranquilo. Tranquilo —dice al ver que el Yunque se mete un paso más adentro—. Levantó todos los *bunkers* que yo conocía. Tiene dos o tres en el campo donde cultiva faso. Me juego las tetas a que el forro está escondido ahí. Pero no sé dónde está. Ahí no llevaba a la primera dama. Ahí se iba a coger a los travestis el muy puto. —Se acomoda la nariz y con el índice rasquetea lo que quedó sobre la mochila y se lo mete en las encías—. Si querés encontrarlo, vas a tener que ubicar a Carabajal o al Cordobés. Son los únicos en los que confía y van a estar a cargo de los negocios que le quedaron en la ciudad.

—¿Y esos dos dónde ranchean? ¿Cómo los ubico?

—Por sus vicios. Carabajal anda enamorado de una portorriqueña que labura en el putero de Almandoz: Maripily. Al Cordobés, donde haya una timba en la que se apueste guita en serio, lo vas a ver agitando un fajo. La rula sobre todo. Tu turno —dice y se refriega la nariz.

—¿Maripily dijiste?—dice el Yunque.

—Sí, capo.

—¿Y no sabés nada del Estatua García?

Se ríe. Pura encía.

—Veo que ya llegó a la calle el puterío. —Esnifea un poco, mientras se aprieta la nariz—. No me hablés de ese hijo de puta. El garca buchoneó que me estaba engordando la ñata. Y con esa mierda se ganó la confianza del otro forro. Se hicieron noviecitos los flor de putos. Otra que culo y calzón. Culo y chota. Para mí en el campo, aparte de los trabucos se sacaban la mierda los unos a los otros.

—El Estatua, flaca. El Estatua.

—Estaban tramando una movida contra Ferreira. Fue lo último que supe antes de que me rajaran. Si no lo mató el gordo, debe estar con el otro escondido. Alto cagón el Estatua ese. —Escupe en el piso. Es lo más parecido a limpieza que hay en ese lugar—. La otra bolsa.

El Yunque le revolea la bolsita.

—Cuidate, Emily.

El ruido de su nariz aspirando nos despide. Ni me gasto en mirar a la muda. Me duele la cabeza. Se me parte. Cuando llegamos afuera, el aire de la noche me parece lo más hermoso del mundo. Nos cruzamos a un chabón que nos pregunta si la primera está libre. Le digo que sí. *Menos mal*, y se frota las manos.

—Hay que encontrar a estos tipos —dice el Yunque.

Donde estaban los surtidores, un grupo de seis pibes escabia y fuma. Por el olor, porro. Uno le da un tincazo al faso y, como si fuera una orden, se paran todos juntos. Cuando sale de abajo del techo y le da la luz, lo reconozco. No es el Tuna, pero tiene intenciones parecidas.

—A ver quién es el que come sopa ahora, monito.

Los otros cinco no son grandes, pero al lado del petacón parecen de dos metros. Pegan saltitos, improvisan un par de golpes contra el aire. Uno tiene una especie de *nunchaku* con dos bastones de madera. Mucho cine, poco gimnasio.

—Ya no son tan guapos —agita el monito.

El Yunque suspira. Se pasa una mano por la cara y me mira. Levanto los hombros y vuelve a mirar a la pandilla, que se acercó.

—¿Estás seguro, *little monkey*? —le dice el Yunque.

El monito da un paso para adelante, se cruza los brazos sobre el pecho y levanta el mentón.

—Seguro, gil. Pero antes de la sopa, te vas a comer otra cosa. —Se agarra el bulto.

—¿Y trajiste a todos tus amigos para que te ayuden a encontrártela?

—Ando jodido de la espalda, y el tordo me dijo que no levante cosas pesadas, así que vinieron a darme una mano para metértela toda.

—Si te gusta que los flacos te toquen el bulto, me parece que te confundiste de baño.

—Eso —dice Krystal, que está en primera fila con otro trabuco—. Si quieren que les rompan el orto, vengan conmigo. ¿Sabés quién es aquel?

—Un culo roto como vos, puto de mierda —dice el monito.

—¿Qué decís, negrito? —dice Kristal. La voz de Danny Glover sale a todo trapo. Encara para donde está el capanga. Entre los pliegues de la pollera se asoman dos gambas dignas del cuatro de Platense. El Yunque le cruza el brazo por adelante y la frena.

—Tranquila —dice—. No vale la pena que te rompas las uñas, linda.

Kristal frena y vuelve para la puerta del baño.

—Última chance, *little monkey*. Cortá para tu casa porque si no, en vez del último *boy scout* vas a ser el último *knock-out*.

El monito mira a los demás y se empieza a cagar de risa. El resto no tarda en sumarse a la carcajada. El de los *nunchakus* los revolea a lo Don Ata. Uno de la punta se remanga la camisa. Tiene más tatuajes que músculos. Al lado, el más polenta: un pelado de barba hace crujir el cuello. Mira al jefe, esperando una señal.

—Por cada diente que me traigan, invito una bolsa —agita el monito.

—Te va a salir barata la joda.

—Y por el otro lado muy cara —agrego.

—Comételo crudo, Maxi —le grita el monito y le da un empujón al pelado, que se saca la remera y pela una panza criada a base de birra y hamburguesas.

—¿Te acordás de cómo es esto? —le pregunto al Yunque.

—Algo. ¿Y vos?

—Ahora te digo.

El crédito local se acerca estirando la derecha y arrastrando la zurda. Respira por la boca. Cuando arma lo pose, aparece un tatuaje de Racing en el antebrazo. El Yunque lo espera con los guantes al lado de la cintura. De ahí a que tenga la guardia baja es otra cosa. El pelado lo toma por pichi y se acerca más de la cuenta. Tira el brazo para atrás y antes de que pueda soltarlo, el Yunque le mete un uno y dos, y lo desparrama por el piso. Contale hasta cien, que no se va a levantar.

El monito se muerde los labios y cabecea primero para un costado, después para el otro. De cada punta se nos vienen dos. De mi lado, el tatuado se acerca. De los nervios se remangó la camisa hasta los hombros. El otro es un pelirrojo de campera de cuero. Por el lado del Yunque, Don Ata se acerca y agita el *nunchaku* despatarrado. Hay más chances de que se la ponga solo que otra cosa. El que viene con él se aleja por las dudas.

—¿De dónde sacan a estos tipos? —dice el Yunque.

—Cuidado con Locomía —le digo.

El tatuado y el otro se empiezan a abrir para rodearme. Los tengo a un metro a cada uno. Los mido. El pelirrojo se manda la mano dentro de la campera y saca un porrón de Quilmes vacío. Lo agarra del cuello y la juega de martillo.

—Guardá eso que te vas a cortar.

Tira un garrotazo. Giro el cuerpo y cuando pasa de largo, le guillotino un codazo en la espalda. Quiere atajarse. Error. La jeta del chabón aterriza sobre la botella. Escucho los vidrios rotos y después un alarido cuando se le clavan en la cara.

El tatuado se me acerca. Amago el *jab*. Se echa para el costado. Lo mido y tiro un *cross* de derecha que le explota la nariz. Vuelvo a buscarle el mismo lugar, pero gira y la mano le da de lleno a la oreja. Un sonido hueco, sordo, parecido al que hace cuando cae.

Miro al Yunque. Los tres tipos que se la quisieran dar quedaron boca abajo.

—Son musulmanes —me dice.

El del *nunchaku* lo tiene puesto de moño. El grandote sigue durmiendo la mona. Raíces de sangre le bajan desde la nariz hasta la boca. El pelirrojo se levanta. La jeta parece un *cover* de *Hellraiser* hecho de botella de vidrio. Quiere arrancarse los cachos. Lo único que consigue es cortarse los dedos. Está más blanco todavía, pero igual me encara. Con uno de los pedazos que se sacó de la jeta la juega de cuchillo. Zumba una. Dos veces. Tambalea. Pegarle una jeta es cortarme seguro, así que le doy un trancazo y cae de costado. La carne traga y los vidrios se hunden un poco más.

El monito sigue ahí, pero está más cagado que la flaca de la primera puerta. El Yunque se le va al humo. El otro duda. La pierna izquierda le tiembla. Relojea de acá para allá. Se cuadra. Baja la guardia. Vuelve a armarla. Para cuando decide correr, el Yunque lo caza del chaleco y lo tira contra una de los pilares. Dejo de verlos. Primero me llega el sonido de la carne contra la carne y, después, como un eco, la cabeza contra el metal. *Tum Tum Tum Tum. Tum Tum.* El monito cae despatarrado. Tiene la jeta sangrando. El Yunque le pone una patada a la panza y, cuando se dobla, la segunda va a la trompa. Varios dientes salen volando como si pateara un bolillero.

—Basta —dice el monito. Le falta medio comedor y la otra mitad hace equilibrio de las encías. La respiración agitada le agranda la espalda al Yunque. Le pongo una mano en el hombro.

—Vamos —le digo—. Antes de que levantes la perdiz.

Sacude la cabeza y se ríe. Se agacha y se limpia las manos en la remera de chabón. El garso que le pone en la jeta no tarda en ser tapado por la sangre que baja desde la frente. El flaco de campera de la selección se corre de la entrada y nos deja pasar. Varios pibes que la iban de tribuna empiezan a tomarse el palo, y el Senda aparece detrás de ellos.

—Si lo pensás bien, les acabamos de alargar la vida —dice—. Con la ñata rota, no van a poder tomar merca por unas cuantas semanas.

Va a abrir la puerta, pero se arrepiente a mitad de camino.

—¿Ideas? —pregunta.

—Yo tengo que ir a lo de Iñaki. Veo qué puedo pescar.

—Buenísimo. Ahí adentro, hay varios que van más seguido de putas a lo de Almandoz que al baño. Si sabés algo —me pasa una tarjeta—. Es un hotel por la ruta. Pedí hablar con Zampillo. Voy a estar ahí, haciendo algunos llamados para averiguar dónde hay alguna rula.

—No te va a costar mucho. Ni bien sepa algo te llamo. Cualquier cosa, pegá un tubazo al número que te di el otro día.

—Quedátelo —dice y me tira la llave—. Yo voy a ver qué puedo conseguir. Ando con antojo de Mondeo.

Me subo y lo pongo en marcha.

—Para estar fuera de forma, te acordás bastante —me descansa.

—Andate a la mierda —le digo y arranco.

CAPÍTULO 20

La "mansión" de Iñaki es un conventillo de tres pisos, que está más cerca de una demolición que de una restauración. Los bajos de la cumbia que está sonando hacen temblar las maderas que tapan las ventanas. Me cuelgo del timbre. Nada. Golpeo la puerta. Tengo el nudillo del dedo mayor derecho despellejado. Vuelvo a probar. El pibe que me abre está en cuero y descalzo. Con toda la furia, quince años. De la boca le cuelga un faso. De la mano, un litro de cerveza.

—¿Raúl? —le digo.

—Se. ¿Y vo' quién so'?

—El Dogo. Amigo de tu viejo.

Achina un ojo como si me estuviera inspeccionando. Le da una pitada al faso. Paraguayito, con suerte. Ruda, si te descuidás. Voy preguntarle cómo no se acuerda de mí, pero dudo que recuerde qué desayunó. Lo esquivo y me mando.

Prendo la luz, pero el pasillo es tan largo que se apaga antes de que llegue al final. Avanzo a ciegas y me llevo algo puesto. Hace un ruido. Ni me gasto en ver qué o quién es. Escaleras arriba, el quilombo. Suena *La Cumbita* de Tambo Tambo. De repente todas las pibas se llaman Maribel y levantan las manos. En el medio, la gente baila. Contra las paredes, tranzan. Detrás de un telón rojo, que Iñaki se birló de un teatro, se asoman una hilera de suela de tacos y, más atrás, llantas gastadas.

Y este es el piso ATP.

Pispeo acá y allá. No la veo a Lara. Alguien me trata de abrazar y me lo saco de encima con un empujón. El tipo insiste. Se me cuelga. Me habla. No se le entiende nada. No tengo ni idea de quién es. Él seguro que tampoco.

Me mando para el baño y me lavo la jeta. Cinco segundos y ya me quiero tomar el palo. El biorsi siempre fue un chiquero, pero al lado del que acabo de venir parece de una revista. En la bañera, hay un tipo roto, mal. En la mano derecha, una botella de Jack. Para casa. Dos tragos después, no estoy tan solo.

Encaro para el fondo. Cuando llego al pasillo que da a las piezas, la música empieza a quedar atrás y un coro de gemidos traspasa las pocas puertas que están cerradas. Un tipo me pasa por al lado y, al grito de *canto pri*, se manda a un cuarto a la izquierda. Adentro, dos flacos se están clavando a una muñeca inflable. Otros tres hacen fila mientras se petaquean. Dos pendejas quieren entretenerlos, pero las sacan cagando con la mano libre. Apuro un poco más de whisky y sigo pateando. Una mina en pelotas sale corriendo y me lleva puesto. Tiene una billetera en las manos. Un perro negro busca un mimo. Olfatea un vómito y sigue de largo. Unos pasos más y escucho una explosión a mis espaldas. Siempre el acto reflejo. Busco el fierro que no está y casi se me cae el Jack. Lo veo salir de vuelta al rope, mordiendo el cogote de la muñeca inflable, ahora, pinchada. Tres flacos lo corren pidiendo su cabeza. Pero el can ya cortó para abajo. Andá a encontrarlo.

Agradezco las puertas cerradas y llego a la última pieza: el cuarto guardería. Parece una sala de parto. Los bepis afortunados, cunas. Pocos. Canastos otros y la mayoría, cajas de cartón encima de cajones de birra, con algún que otro almohadón. La única mema del lugar se la está tomando una rubia. El flaco que la amamanta canta *arrorró mis bepis, arrorró mi sol. Arrorró el pedazo en mi pantalón.*

Aprieto el cuello de la botella. Miro lo que queda. Una cuarta parte. No va a alcanzar para anestesiarme. Ni toda la fábrica de Jack va a alcanzarme. El flaco sigue cantando *Arrorró*. Quiero ponerlo a dormir. A él y a todos los que dejaron a los pendejos acá. Pienso en Mauro, traje pituco y todo. Dejarlo con Ocki fue la mejor decisión. Me los imagino durmiendo, juntos. La furia da dos pasos atrás y evito romperle la jeta al cantor.

Subo con la intención de ponerme operativo. Encontrar a Lara o alguna cara conocida. El Estatua. Carabajal. El Cordobés. Maripily o la concha de su madre.

En el último piso hay menos ropa. Encima de un tablón, algo que una vez fue una *stripper* y ahora es carne vencida tratando de tirar unos pasos. Más que bailar parece que está haciendo equilibrio en una tabla de surf. AC/DC suena al taco. *Highway to Hell*. Nunca mejor dicho.

Sigo hundiéndome en esa marea de carne. Mucho pendejo. En varios veo la cara de viejos conocidos del ambiente. Hijos siguiendo la tradición familiar. La misma sangre. Los mismos cinco puntos. Los ojos del padre, las cicatrices del padre, eslabones en una cadena que no se va a romper. Presos mucho antes de terminar en la cárcel.

El dueño de casa, camisa y bragueta abierta, revolea a la marchanta un par de bolsas de merca. Se tiran todos de cabeza, estilo solterona tratando de agarrar el ramo de la novia, y quedan haciendo montonera en el piso. Puedo caminar mejor. Al fondo los veo a Lepra, Benítez y Funes. Por la ropa nueva, acaban de pegar el golpe.

—Juanchi me empezó a romper que quería un gato —dice Lepra—. Cosas de la abuela que le mostró Chatrán y los Aristogatos. Menos mal que le dije a mi vieja: *Nada de pelis que me pueda manguear cosas. Ponele Depredador o Alien. Alguna de esas.* Y me dice que esas le dan las pesadillas. *Las pesadillas no cuestan guita, vieja.*

Me integro con ellos. Saludo con la cabeza y Lepra me hace seña para que espere.

—Termino dando el brazo a torcer y le digo a Vero: *Andá. Comprale un gato, uno de esos siameses.*

—A vos hasta los gatos te gusta que sean bizcos —lo descansa Benítez.

—Vos de envidia, boludo. Pará. Escuchaste esta y a ver qué me decís. Viste que cuando estás viendo una peli y pintan los mimos, te frenan. Con esta no pasa. Mientras me tiraba la piola, se veía *Pecados capitales* de reojo. ¿Quién es el boludo, ahora?

—Me cagaste.

—¿Puedo seguir? —Cuando Benítez cabecea, arranca—. Cuestión que Vero le compra uno. Un par de días después lo veo llorando a Juanchi. ¿Qué pasa?, le pregunto. *Es que*

Cachita no hace miau ni ronronea. ¿Cómo qué no? No, me dice. *A ver busquémosla*. Media hora tardamos en encontrarla. *Ves. No hace ni miau. ¿Qué le pasa a Cachita, papi? Pasa que mami tiene algunos problemas. Quedate tranqui, Juanchi, que yo te lo soluciono*. Agarré al bicho. Fui a la cocina y la encaré a Vero. *Escuchame, gorda, ¿no viste algo raro en el gato? Obvio*, me dice. *Es raro porque no es un siamés egipcio, es camboyano. En Camboya no hay gatos, se los comen*, le digo. *Y yo qué sabía*, se ataja. Entonces ahí ya me hinché y le dije: *¿Me querés decir por qué carajo le compraste una comadreja?*

Todos se cagan de risa mal.

—No se puede ser tan pelotuda.

—Si te creyó que te parecías a Bruce Willis, puede creer cualquier cosa.

—Yipyy-kaiieee —dice enturbiando la voz—. ¿Me vas a decir que no estoy igual?

—Sos igual de parecida que Cachita a un siamés —dice Benítez. Me ficha y me da la mano—. Mirá a quién trajo la marea.

—Pensé que no ibas a venir más por estos lares —dice el Lepra.

—Un poco de joda nunca viene mal. Veo que les fue bien en el trabajo.

Lepra me sonríe. Benítez está más duro que Pappo y se traga los mocos blancos. Funes se acomoda la gorra. Se saca los lentes y le pega una pulida en la camisa.

—¿La vieron a Lara? —pregunto.

—Debe estar bolicheando todavía —dice Lepra—. La otra vuelta, Agu se la cruzó en Palmeras. Estaba con Marina dando más pases que Riquelme. Están levantando buena guita, ¿no?

Levanto los hombros.

—Recién lo vi a tu pibe —le digo a Benítez.

—Está pulenta. Adiviná quién hizo de fercho en el robo. —Me guiña un ojo—. Tiene trece, pero tirando cambios le pasa el trapo hasta a Damon Hill. Anda goloso. Dice que la próxima quiere ir de caño. Tiene que curtirse. Hasta que no cumpla los catorce que se conforme manejando.

Estira la mano y le paso el whisky. El Lepra levanta el vaso vacío y cabecea para la barra. Empezamos a arrastrarnos entre la gente. Voy a los tumbos. En el medio de la pista, por decirlo de una manera, una flaca con dos kilos de teta turquea un poste en una especie de baile del caño. Caño por decirlo de una manera: es un cartel de la parada del sesenta.

—Esa está parando más que el bondi —dice el Lepra.

En el camino lo perdemos a Funes. Se fue con una chica con el doble de edad y de peso.

—Vos te perdiste el robo, Dogo —dice Benítez—, pero ese toma peores decisiones que vos. Encima el guacho después te caretea que le gustan un poco rellenitas. Un "poco". El hijo de puta estuvo con más gordas que Cormillot.

El Lepra se tienta y se atraganta. Me agarra de los hombros y me los aprieta.

—Qué bueno que viniste, Dogo. Pensé que no ibas a caer ni en pedo.

—¿Por?

—Por todo el bardo con el Yunque. Hace un rato los vi al Tuna Ferreira con el Fede y otros más. Me preguntaron si sabía algo de vos. O de tu amigo.

Me quedo callado. Benítez me devuelve la botella vacía. La tiro contra un rincón. Pienso en el flaco de la estación. Los vidrios. Me miro el nudillo de vuelta. Está rojo. La piel levantada, blanda. La zurda sigue intacta. Hasta cuándo, me pregunto.

Nos acodamos en la barra y ficho el lugar. No los veo al Tuna y cía. *Lara, aparecé, la puta madre.* El Lepra me pasa un vaso con cerveza. Le digo que no. La modorra del whisky está ahí, pero siento cómo se empieza a tomar el palo. Necesito estar de cara. Me apoyo contra la pared. El pibe de Benítez se acerca. Apenas puede estar de pie. El drepa lo abraza y le cepilla la cabeza. Pienso en el pendejo. Me lo imagino en estas fiestas. Pidiéndome que le enseñe a usar un fierro o a pelear. Me siento peor. Me siento más solo. *Lara, vení. Lara, vayámonos de acá.* Tengo que salvar al Yunque. Tengo que salvar al pendejo. Tengo que dejar de tomar. Irme. Levantar el ancla antes de enterrar al jopende en esta vida. Tengo que hacer tantas cosas.

Salgo de mi cabeza y vuelvo a la fiesta. No hay mucha diferencia. Las dos son un quilombo. Ficho a Marina. Mejor dicho, a media Marina. Alguien me la tapa. Está fumando un faso y dándole la teta a un bebé. Es lo más parecido a una madre responsable acá adentro. El tipo que me tapa sale del medio y puedo ver que un flaco le está chupando la otra goma. La recontraputísima madre. La panza me gira como si tuviera las tripas en un espiedo. Alguien vomita más allá. Todo mal. Me cago en Lara. En Lepra. En Benítez. En el monito. En Rufino. En el Tuna. En el Estatua García. En el Yunque. En todos.

Tengo que tomarme el palo ya.

—Che… ustedes que andan en esta —les digo—, ¿saben algo de un tal Carabajal? —Me miran pero no cambian la jeta—. Labura con Rufino.

—Carabajal ni idea —dice Benítez—, pero para Peteco la tenés a Ruby y a Wendy. —Con la cabeza me marca a dos chicas que nos están mirando y nos saludan—. Ruby la tira mejor. Wendy raspa pero tiene un plus. Es camuca, así que después de dejarte de cama, te la hace y te ordena un poco.

—Yo una vuelta me cogí una sierva también —dice Lepra—. Son lo mejor. Están tan cagadas de hambre que con tal de no perder el laburo te planchan hasta al chino de polera.

—Tu mujer recontenta, ¿no?

—Mi mujer tendría que haber aprendido a hacer la cama o, en el peor de los casos, a tirar la piola.

—¿Qué te pasa, Dogo, que tenés esa cara? La gorra te sacó las esposas y te las puso tu mina. Divertite, gil. Andá con Ruby. Yo te cubro de última. O me sumo.

—Sabés que esas no me llaman. Ando antojado de portorriqueña —digo—. En la tumba me llenaron el bocho con que son material de primera. Me recomendaron una tal Maripily. ¿La conocen?

—Ahí va queriendo —dice Benítez—. ¿Sabés que me suena? ¿No había una que se llama así en lo de Almandoz?

El Lepra pone cara de ni idea. Benítez duda, aprieta los labios y después se le prende la lamparita.

—Sí. Había una. Un camión la negra. Pero va poco por el putero. Anda más de particular me parece. Te veo difícil, Dogo. Con todas las que hay acá, no seas boludo.

Wendy y Ruby se nos acercan. Están las dos empilchadas de colegialas. La camuca juega con una trenza. La otra hace un globo con el chicle.

—Hora de unir sus pelos con los nuestros —dice Benítez—. ¿Con cuál se quedan?

—Yo paso —dice el Lepra.

—¿Estás esperando a la bizca?

—No. Está en esos días y no me cabe.

—¿Y no podés hacer como ella y mirar para el otro lado? —El Lepra le da un cortito—. ¿Y vos, Dogo? Si querés, te la dejo a Ruby.

—Yo también paso —le digo. Encara a las minas, pero lo freno—. Aguantá. Vos que le das a los burros, ¿alguna idea de dónde hay algún lugar para ir a jugar a la rula?

—¿Por?

—Viste que dicen que si ves moscas hay mierda cerca. Yo ando buscando al Yunque.

—Hace mucho que no voy a ruletear. La cana anduvo cerrando bastantes garitos porque varios se retobaron a garpar un aumento de cometa. Hay uno debajo de la autopista. Después tenés el que regentea Carbone. Ahí se juega buena guita posta. La cosa es que se mueve de acá para allá, para que no los agarren. Ahora no me pidas más que la sangre ya dejó el cerebro y empezó a ir para otro lugar —dice abrazando a las chicas. Ríen. El globo de Ruby se revienta. Era lo único sano que tenía.

—Igual —dice Lepra—, el Yunque tiene problemas más grandes que si sale rojo o negro. —Me señala al Tuna.

El loco pasa por delante nuestro con dos minas bastante enteras. Les aprieta bien el ojete y me hace una seña: *A la vuelta*. A la vuelta espero no estar. Más atrás, el Monstro escabia clericó de un tacho de pintura. Entre las manos del gordo parece un vasito de plástico. A mi derecha, Benítez desaparece. Tampoco están ni Ruby ni Wendy.

—Voy a ver si la encuentro a Lara —le digo al Lepra.

—Esperá. —Me hace señas para que me acerque—. Aquel puede estar pensando nada más en ponerla, pero yo sé que si la estás buscando a esa negra no es para garchártela.

Le invento una historia que lo tiente. *Un laburo que estoy planeando*, le digo. *Carabajal y la negra están entongados con un* dealer *peruca para traer una carga. Y el Estatua anda en una parecida.* Le tiro un par de cifras y nombres interesantes. El vago abre los ojos. Le prometo hacerlo con él si sale.

—Antes de irte, buscame. Voy a ver si te averiguo algo de Carabajal o la negrita. Y quién te dice, capaz algo del Estatua, así hacemos saltar la banca.

El lugar empieza a quedar más desocupado. El bebé de Marina llora sobre una mesa. Ahora es ella la que está tomando la leche del cofla que estaba prendido a su goma. Tengo que irme. Pero no la encuentro a Lara. Y tampoco lo encuentro a Fede. La cabeza se maquina. Los puños y los dientes se aprietan. Llego a las piezas. No quiero mirar. No sé qué haría si la veo ahí. Me siento una mierda de solo pensarlo. Alguien pelea con el perro tratando de sacarle la muñeca inflable. ¿Dónde mierda estás, Lara?

Abajo, la cumbia dejó paso a la electrónica. *Pum Pum Pum Pum*. Suenan los bajos. La gente salta. En un sillón hay varios fisurados. Parece la sala de espera de una guardia. En la otra punta, se armó goma. Vuela la primera piña. La gente se amontona para ver el combate. Arrancan repartiéndose dos. Con la pista libre, no tardo en encontrarla. Cabeza hundida en un plato. Al lado suyo, Fede peinando merca. Un tiro para él. Un tiro para ella. Los gritos de la pelea tapan la electrónica. Ella enrolla un billete. Él también. Se ponen cada uno en sus marcas. Están cara a cara. Se miran. Ella se ríe. Él también. Y al mismo tiempo toman la merca. Se agarran la ñata, sin levantarse del topla. Cuando se las sueltan, quedan juntos, haciendo naricitas. Algo se rompe. Algo se rompió. La pelea explota. Una botella vuela. Sus caras se separan. Sonríen. Algo se rompió. Algo se rompe. Algo se va a romper.

Para cuando me ve venir es tarde. El empujón lo sienta de culo. A la pasada engancha el plato. La merca le mancha la remera.

—¿Qué hacés, la reconcha tuya? —dice Fede, parándose.

—Cortá.

Ella se mete en el medio.

—Pará —me dice—. Me estaba haciendo compañía hasta que te encontrara. ¿Querías que me quedara sola con toda esta gente?

Tiene los ojos desorbitados y las fosas nasales aletean. Me da un beso que ni respondo. Tambalea.

—Mové —le digo sin mirarlo.

Se ríe. El forro se ríe.

—Calmate, chabón. Que acá no está el Tuna para frenarme.

Giro el cuerpo. Lo encaro. Ella se vuelve a poner en el medio. Veo sus manos en el pecho, pero no las siento.

—Salí, Lara.

—Tranquilo, amor —dice—. ¿Maurito? —La miro perdido—. ¿Dónde está Maurito? —insiste, frunciendo la trompa.

—Lo dejé en otro lado.

—¿En dónde? ¿En casa?

Al lado del Fede está el Monstro. Se suena primero el cuello y después los nudillos.

—¿Con quién carajo lo dejaste? —insiste ella.

—En lo de una amiga.

—¿Desde cuándo tenés amigas? ¿Quién mierda es? —El Monstro y Fede se ríen—. Contestame.

La otra pelea terminó. La música vuelve a sonar. Pocos bailan. La mayoría nos está fichando.

—Contestame, la puta madre —sigue ella.

—No jodás, Lara. Llego y te veo jugando a la dama y el vagabundo versión merca y vos sos la que me rompe los huevos.

—Así no se le habla a una mina —dice Fede.

—Ya sé. No te estaba hablando a vos.

Aprieta dientes y ojos. Esnifa. El Monstro lo mira esperando una orden.

—Quiero a mi hijo —dice ella. Llora con bronca. La cara tallada con furia y merca.

—Traele al pendejo, Dogo —me dice él.

Va a ponerle una mano en el hombro, pero se arrepiente. Ella sigue en el medio. Quiero correrla. Puedo cazarla del brazo y revolearla, sentarla de ojete. Puedo hacer eso y ahí sí, romperle bien la jeta a Fede. Hacernos mierda para hacerlo mierda. No vale la pena, me digo, pero no puedo dejar de tantearle el brazo a Lara ni de desarmar el puño en la derecha. La miro. Los ojos de vidrio. Grandes. Duros. Perdidos.

—A ver si nos calmamos —dice Lepra y, abriendo los brazos, intenta separarnos. Lara deja de apretarme y me suelto—. Vamos, circulando, que no da para bardearla al pedo. Estamos en una fiesta, muchachos.

Marina cae como una sombra del Lepra y se lleva a Lara, que, antes de irse, se da vuelta y grita algo. La música y cinco metros de distancia hacen que, en vez de palabras, llegue una bola de ruido. Fede la tiene más clara y se hace entender con gestos. El índice me señala, ruletea y después le acuchilla la garganta.

—¿Podés parar? —dice Lepra y me zamarrea. Sacudo los hombros y me acomodo la remera—. Vení.

Me suelta y me guía para un patiecito, donde el perro mastica la muñeca inflable. El Lepra se prende un pucho y larga el humo.

—¿Me querés decir para qué mierda me dijiste que fuera a verla?

—Te dije lo que querías escuchar, viejo. Y ahora tengo otra cosa que vas a querer escuchar. —Le pega una pitada al cigarrillo—. Costó, pero mis encantos a lo Bruce Willis dieron frutos. Una mina que laburaba con la negra en lo de Almandoz me dijo dónde encontrarla. Ellas dos y otras más se pusieron a laburar por la suya en un edificio que quedó por la mitad. Está pegado al Hotel Malibú. La zapie de Maripily es la que tiene colgada la bandera de Puerto Rico en la puerta. ¿Qué me contursi?

—Que espero que me vaya mejor con esa mina que con la otra que me mandaste.

—Estuviste cuatro años afuera y caíste de la nada. Les va a llevar un tiempo acostumbrarse. No seas boludo.

—¿Del Estatua averiguaste algo?

—Que anda borrado del mapa. Ferreira también lo está buscando. Mirá que si ese laburo tiene que ver con robar al gordo, paso. Con ese no jode.

El perro suelta a la muñeca. Busca un mimo cabeceándome la mano que sigue armada en un puño. Lo desarmo y le acaricio las orejas. El plástico reventado más allá, boca abierta, ojos saltones.

—Así y todo —dice Lepra, mirando la muñeca—, está más entera que la mayoría. Ya tomé suficiente aire. Hora de tomar otra cosa. ¿Te veo adentro?

Le digo que sí con la cabeza, pero ni bien se va busco el pasillo de entrada. Raúl no está, pero sí Iñaki con el test de alcoholemia listo.

—Soplá o no te vas —dice riéndose. Se pone en el medio cortándome el paso.

—Rajá, Iñaki.

—Sople, amigo, sople.

El rodillazo en los huevos lo dobla y lo deja sin aire.

—Soplá vos. —Y salgo.

CAPÍTULO 21

Son casi las seis cuando entro a lo de Ocki. La luz se mete por las rendijas de la persiana y puedo verlos frente a frente, acurrucados en la cama. Ella ronca. Él duerme, usando un brazo de Ocki de almohada y el otro de frazada.

Agarrar el bepi y rajar. Ese era plan. No me tembló el pulso para robar un camión de caudales, pero para sacarles esa paz no tengo huevos. Ni ganas.

Levanto una silla tratando de no hacer ruido y la acomodo cerca de la mesa. Cuando me siento, una de las patas queda floja y lija el piso. El bebé tira un trancazo y ella mueve los hombros. El brazo que lo tapa se hunde más sobre la espalda.

Las piernas me pesan. La bocha me pesa. Los párpados me pesan. Hago una almohada con un codo y apoyo la marola. El mantel se me pega a las manos. Olor a quitaesmalte y a café. Bostezo. El sol entra por otra rendija más. Ocki no tiene medias. ¿Cómo mierda es la bandera de Puerto Rico? El polvo flota en el rayo de luz. Azul, roja y blanca, creo. ¿Cuántas piezas van a tener una bandera? La mema vacía al lado de los espejos-portarretratos. De última pregunto por la negra y a la mierda. Cuatro rayos de sol aterrizan sobre el piso. Al lado, un jean tirado. Cada vez más luz, pero veo todo más negro. Cierro los ojos.

Un ruido me despierta. No es la chicharra. Ni un golpe de metal. Tampoco el grito de un compañero o de un borcego. Es la voz de un bebé. Tardo unos segundos en rescatarme dónde estoy y cómo estoy. Despego la jeta del mantel. Hay un charco de baba al lado. Ocki sonríe. Tiene el pelo atado, salvo por dos mechones que se escapan de una colita negra que hace juego con sus ojeras.

—Al fin —dice.

Se da vuelta y prende dos hornallas. El bebé está agarrándose los pies y se hamaca en la cama. Balbucea. El olor a café no tarda en perfumar el departamento.

—Va a tener que ser negro, porque el gordo ligó lo último que quedaba de leche en polvo. —Cierra la mamadera y la agita—. Salvo que quieras ir a comprar.

Levanto la mano pidiendo tiempo. Me estrujo la frente. Me duele la cabeza. La boca pastosa, cemento en vez de saliva. Piedras en vez de lagañas. Miro el reloj. Las doce. Me lavo la cara una vez. No funciona. Lleno la pileta y hundo la cabeza hasta la nuca. Un poco de sangre llega al cerebro.

—¿Querés un Falgos? —me dice cuando vuelvo.

—La resaca no tiene que ver con el alcohol.

—Te sacudiste un par de veces mientras dormías. Parece que tenías pesadillas —Mira las manos, la cascarita en el nudillo—. O capaz estabas pensando en el segundo round.

—Ni siquiera hubo primero —le digo.

—No te fue muy bien parece.

Levanto un hombro.

—Hacé los honores. —Me pasa primero la mamadera y después al bebé, que no tarda en prenderse como borracho a la botella.

—¿Cómo se portó?

—Como un caballero.

Ella lo mira. Tiene una sonrisa cansada. El bebé, la vista clavada en un póster de Blind Melon colgado en la pared. Ocki sirve dos tazas. Queda poco rojo en sus uñas; una noche larga.

—¿No me vas a contar?

Resoplo largo y tendido. Tomo un poco de café que termina de aceitarme la bocha. Tardo tres tazas en contarle casi todo. El bebé volvió a dormirse.

—Es hora de que lo lleve con la madre, antes de que alguien más me la quiera dar.

Ella no se ríe. Intenta, pero no le sale. Mueve la boca como si estuviera masticando algo para decir. Termina mordiéndose los labios y asintiendo con la cabeza.

Meto como puedo la mamadera en un bolsillo. El olor a café empieza a irse y deja lugar a una baranda a podrido. Pienso que el pendejo se cagó. Lo reviso y está limpio. Miro mi jean, lleno de manchas de diferentes colores. Parece almidonado. Me pregunto si quedará algo de ropa en lo que era mi placard. Me pregunto si habrá otra ropa de hombre. Me acerco a Ocki para despedirme, pero tiene la cabeza gacha, así que le doy un beso en la frente.

—¿Bajás? —le digo.

Dice que no con la cabeza. Doy unos pasos y la escucho hablar.

—Traelo cuando quieras.
—Seguro.
Cuando cierro la puerta, ella sigue de espaldas.

Lara, en musculosa y bombacha, despatarrada sobre la cama. Un cachete del culo se escapa de las sábanas. El bebé, a upa mío, estira los brazos y hace ruido, pero ella ni se mosquea. Encima del cajón de cerveza, aparte del plato, hay una tira de Clonazepam reventada.

El bepi patalea cuando nos vamos de la pieza. En la suya se larga a llorar. Lo hamaco un rato, pero el pendejo está dale que dale. *Shh. Shhh.* Me dan ganas de ir y encajárselo al lado de la jeta a la madre. *Lo querías a Maurito. Acá lo tenés.* Me la aguanto y sigo tratando de hacer que se duerma. A medida que el llanto se apaga, mi furia también. Lo dejo en la cuna.

Ella sigue en la misma posición. Me saco la ropa y la tiro al piso. Está más para la basura que para el lavarropas. Rebusco un rato en el placard. Todas pilchas de ella. En una bolsa negra encuentro varias remeras y unos bóxers. Tengo que desenterrar otra más para encontrar una bermuda. Me siento en la cama para ponérmela, cuando ella se despierta.

—Buen día —dice.

Paso un pie. Después el otro. Siento su mano en la espalda.

—Perdón por lo de anoche.

—Mauro está en la cuna —digo y me paro. Su mano cae, peso muerto sobre la sábana. De reojo, mientras me abrocho el cinturón, veo cómo gira y se apoya contra el respaldo de la cama después de desperezarse.

—¿No me vas a dar un beso de buenos días?

—Hace rato que me levanté.

—Ya te pedí perdón. —Desde atrás me rodea, los brazos sobre el pecho y las piernas cruzadas sobre mi cintura. Me da un beso en el cuello—. Estaba fuera de mí, amor. Tuve un mal día en el laburo.

—Y siempre te llevás el laburo a casa, ¿no? O mejor dicho a la nariz.

Sus piernas me sueltan y quedan al costado de mi cuerpo.

—¿Qué querés que te diga? —dice—. Era la manera que encontré de sobrellevar que de un día a otro me quedé sola, porque la persona que quería y siempre estaba para mí terminó en cana.

De la cartera saca un atado de cigarrillos. El humo me peina la oreja.

—¿Qué te pasó?

—Un cliente. Mejor dicho, el viejo de un cliente. Se me apareció a la salida del boliche. Me quería romper la cara, no porque le había vendido merca a su hijo, sino porque la merca era de mierda. Estaba resacado y nos empezó a apurar a Marina y a mí. —Su mano aparece desde atrás y usa el plato de cenicero—. Quería que le devolviéramos la guita. Me empujó y me sentó de culo. Pensé que me iba a fajar ahí nomás. Me salvó Fede, que llegó justo y le dio una paliza bárbara. Estaba cagada hasta las patas. No podía parar de temblar. Por eso me quedé con él. Fuimos a lo de Iñaki y tenía que bajar con algo el cagazo. Y vos llegás y lo empujás. Lo único que quería era ver una cara familiar. Algo que me hiciera sentir en casa. Y la cara que vos tenías era todo lo contrario a eso.

—Digamos que él y el Tuna están buscando que mi próxima casa sea en el otro barrio. —Me doy vuelta y quedo de frente a ella.

—No es con vos. Están nerviosos hasta que lo encuentren al Yunque.

—Espero que también lo estén buscando al Estatua García.

—También. Pero con él directamente van a hablar con los fierros. Todos sabíamos que el Estatua jugaba para el que ponía la guita. Pero el tipo era fiel.

—El problema fue que otro le puso un papel más.

—Ferreira se quiso cortar las bolas cuando se enteró de que García estaba laburando para Rufino. —Apaga el pucho en el plato.

—El gordo tendría que elegir mejor a quiénes lleva a sus laburos.

—Estaba desesperado. —El ruido del encendedor, una, dos veces, hasta que la llama me pinta el hombro. El humo pasa delante de mi cara y se desintegra—. No tenía a nadie que se hiciera cargo de ese trabajo. A los que están con él, todos los Ramírez los conocen. Si los sobrinos se la pasan chapeando. Y los *dealers* de abajo del todo venden para pagarse el vicio. Imaginate si los dejás solo con un ladrillo. —Su cara desaparece detrás de una nube gris—. ¿Sabés algo del Yunque?

—Estoy en eso.

La mano libre me acaricia el pecho y sube. Giro la cabeza y ella me da un beso que empieza en el cachete y busca la boca. Tiene los labios calientes. Un escalofrío me acuchilla la espalda. Me levanto antes de que quiera encerrarme bajo su piel.

—Ayer me hablaron algo de una timba donde podría encontrarlo. Un garito que regentea un tal Carbone. Mucha guita. Minas y merca de primera.

—Lo oí nombrar. —Tira la ceniza.

—Me dijeron que para evitar a la gorra nunca está en el mismo lugar. Estaba pensando que, además de los jugadores, los que tienen que saber el lugar son los que reparten la falopa. ¿Alguna chance de que sea alguien de Ferreira?

—¿Qué parte de Ferreira es el que tiene al barrio en el bolsillo no entendés?

—¿Sabés algo entonces?

Deja el pucho en el plato y se acuesta. Me agacho y del jean rescato la llave del auto y la guita. Al lado de mi cara aparecen sus pies. Tiene las uñas pintadas de negro. Subo la vista, me encuentro con su tanga blanca. Ella palmea la cama para que me siente al lado suyo. Insiste. Le hago caso. De la forma que me mira, la pija empieza a tironear la bermuda.

—¿Sabés o no sabés?

—¿Te acordás a dónde fuimos a festejar después del robo de la joyería?

—A un hotel.

—¿A cuál? —Pienso—. A ver si esto te ayuda a hacer memoria. —De abajo de la musculosa saca un collar con una esmeralda—. Esta fue una de las dos cosas que me diste ese día.

—Hotel Brisa.

—En ese mismo Carbone reservó para hoy y para mañana la habitación del último piso.

—Gracias. —Apoyo las manos para levantarme, pero ella me frena.
—Recién a las ocho abre. Tenés tiempo.
—Tengo que ir a trabajar.
—No jodás.
Se levanta despacio hasta quedar de rodillas y se saca la musculosa. El pelo le tapa los pezones. La esmeralda brilla entre las tetas.
—¿Te trae buenos recuerdos verme vestida solo con esto?
Cinco años atrás.
Un hombre que tiene todo, pero no lo sabe. Una joya que brilla como la puta madre, pero no tiene nada que hacer al lado de la mirada de la rubia.
Cinco años atrás.
Se saca la tanga y apoya su cuerpo contra el mío. Me besa. Me muerde el labio estirándolo y, cuando lo suelta, me habla al oído.
—Quiero que me des lo otro que me diste esa noche.
—Tengo que irme —le digo, y el beso que iba a la boca termina en el cachete. Sé cómo escapar de la cárcel, pero no de sus labios. Llego a la puerta, me doy vuelta y la miro. Dudo—. Y decile a tu amigo que si me vuelve a joder, lo próximo que va a ver es una cama de hospital.
Y me voy, sin saber qué dejé en la cama. Si mi mina o una informante.

CAPÍTULO 22

—El señor Zampillo no se encuentra —dice el recepcionista del hotel. Tercer llamado, misma respuesta—. ¿Quién lo busca?

Y en vez de cortar como las otras veces le digo:

—El Dogo.

—¿Dogo dijo?

—¿Qué pasa?

—Le dejó un mensaje. Que se reúna con él a las doce. —Hace una pausa. Tose—. A las doce… en el lugar que rompió dos bocas.

Me río y cuelgo. El Yunque sigue igual de enfermo que siempre.

Al lado del cartel de Hotel Malibú, una palmera de neón se prende y se apaga iluminando a una chica que espera por un nuevo cliente. Desde que estoy parado en la cabina, ya entró y salió dos veces. O vende falopa o tiene clientes precoces.

El bulo de Maripily tiene el frente tapiado por chapas de publicidad con pósteres del *Día de la Independencia* que, seis meses después, siguen ahí, cayéndose a pedazos. Contra la punta, dos tablones cerrados por un candado. Ficho por el hueco donde pasa la cadena. Un pasillo desaparece en la oscuridad. Pruebo con la puerta de al lado. No hay caso. La chica tira el cigarrillo y lo apaga con unos tacos de veinte centímetros.

—La del cartel de zanja abierta, pibe —dice.

Le cabeceo y entro a lo que hubiera sido un local a la calle. Una silla sin respaldo y con patas de metal oxidadas frente a un tablón bancado por dos caballetes. Silbo. Ni noticias del "recepcionista". Me acerco. Encima de la mesa, un diario abierto en el rubro 59 y un par de chicas marcadas con rojo, un cuaderno con la fecha y unos cuantos números anotados. La lapicera en el piso. En una lata de atún, un cigarrillo hecho gusano de ceniza. Paro las orejas. Zumbido de moscas. Lo que falta es lo que más ruido me hace. Estará con las pibas, pienso.

En un rincón, ficho una puerta y me mando. Avanzo por un pasillo, siguiendo una enredadera de luces de Navidad colgadas en las paredes. Goteras. Piso un charco. De vez en cuando alguna lamparita violeta la juega de estrella de Belén y tira un toque más de luz. Le meto hasta que el pasillo se abre en forma de tridente. Un costado está barricado de fierros y bolsas de cemento. El otro da a una especie de patio. Sigo derecho hasta el fondo y cuando doblo veo que al final hay tres luces rojas que iluminan varias puertas. Busco la bandera, pero no se ve un carajo. Entre dos habitaciones hay un banco de plaza todo descascarado. *Sí, papi, rico, papi*, llega del cuarto más cercano. Ruidos secos. La cama contra la pared. O son pasos. Me doy vuelta. Nadie. Nada. *Duro, papi.* Por el acento puede ser Maripily. Qué sé yo. ¿De qué carajo me la quiero dar? No sé cómo mierda es la bandera y voy a diferenciar el acento portorriqueño…

Del fondo salen voces de hombres amortiguadas por la puerta cerrada. Una mina habla en el medio. Demasiada charla para que sea una orgía. Trato de sintonizar cada uno por separado, pero no hay caso. *Métray, joe'puta*. Sí. Tiene que ser Maripily esa. Pero en la puerta no hay nada. Un nuevo golpe. Una sacudida. El respaldo de la cama cabeceando la pared. Un poco de tierra me cae encima. La puerta del fondo se abre apenas y se escapa un filo de luz. Las voces llegan más fuerte, pero no termino de entender qué cuerno están diciendo. *Qué rico chimbo, joe'puta*. Cerrá el culo, Maripily. Doy unos pasos para el fondo. No puedo ver para dentro. En el piso hay algo. Parece una remera. Una correntada de viento abre la puerta un cacho más. No. No es una remera. Es algo rojo, blanco y azul.

—Quieto —dice una voz, al mismo tiempo que me clava un fierro en la espalda—. Caminá o te quemo.

Recién ahí identifico quién es: Fede. El hijo de puta de Fede. De un empujón me mete a la pieza.

—Miren lo que me encontré.

En el medio de la habitación y sentado en la cama, el Tuna deja de escarbar en el cajón de una mesita de luz y se le dibuja una sonrisa. Da vuelta y esquiva las piernas de un tipo que está noqueado. Le hace señas a Fede. Un pedazo de caño vuela desde mis espaldas y aterriza en la mano del Tuna.

—Lindo fierro, ¿no? —dice Fede y me guiña un ojo.

—Yo no sé quién está peor. Si el Lepra, que no sabe ir de carpuza, o vos, que ya le tenés miedo hasta a un cacho de plomo. Estás perdiendo el olfato, Dogo. Vení, pasá. Ponete cómodo que esto va para largo. —Me señala la pared opuesta de la cama, donde hay unas sillas de plástico y un sillón, separados por una mesa ratona.

Un flaco que no conozco revisa un ropero donde asoma lencería. Aprovecha y se manda unas medias de red al bolsillo.

—Si lo estás guardando para tu mujer, olvidate, Chino —le dice Fede—. Si querés unas de red de su talle, yo te recomiendo que vayas al puerto. Le van a quedar medio ajustadas, pero antes que nada... El olor no va a ser problema. Total, ya estás acostumbrado, ¿no?

—Lavate las tetas, Fede.

—Tu mujer es la que se las tiene que lavar.

—Podés dejar de revisar ahí adentro —dice el Tuna—. Es obvio que la negra no está ahí.

El Chino, después de guardarse unas tangas más, cierra el placard. Me paro al lado de las sillas de plástico, pero no me siento. El Tuna insiste, mientras da la vuelta y se acomoda enfrente mío en el sillón. Vuelvo a ver al tipo en el piso. Sigue agonizando y la cabeza le brilla.

—Se pensó que era Babe Ruth y lo tuvimos que ponchear —dice el Tuna y deja el caño sobre la mesa ratona. En una punta tiene una mancha de sangre—. Vos ya tenés dos *strikes*, así que espero que me des algo, si no, voy a dejar que mi hermano Fede termine lo de anoche. Bastante puto esconderse detrás de tu mina, ¿no? Al final más que Dogo, sos un pedazo de gato.

—Ya sabés lo que dicen —segundea Fede—, perro que ladra.

—Yo no ladro —digo.

Se miran entre ellos y después me fichan a mí, sonrisas clonadas de por medio. A mi derecha, el Chino revuelve una cajonera que arriba tiene un espejo con manchas de humedad.

—Sentate —me dice el Tuna mientras hace girar el caño sobre la mesita. Recién cuando le hago caso, vuelve a hablar—. Me está comiendo saber para qué carajo la estás buscando a la negra. Dudo que sea porque Lara no te da lo que precisás. Acá según Fede ella hace de todo menos cocinar. Así que sumo uno más uno, y me imagino que no es por vos, sino por tu amigo.

—Me pediste que lo buscara.

—Más que buscarlo, me parece que estás buscando algo por él. —Hace gesto de dolor y se masajea el bulto—. ¿Algo que tranzó con la negra? —estira las palabras, pescando—. ¿Algo que la negra le robó? —No hay pique. Niega con la cabeza y vuelve a tocarse la petaca—. Me tenés las bolas llenas, Dogo. Vos podrás cerrar el pico, pero si hay algo que las putas abren fácil es la boca. Y si mi tío se entera de que vos sabías algo y te lo guardaste, lo próximo que vas a guardar va a ser mierda en una bolsa de colostomía. —Deja de girar el caño y con esa mano me señala—. ¿Te queda claro?

—¿Las amenazas te las dice tu primo o las saca de las películas que mira?

El Tuna se rasca la jeta, nervioso.

—¿Encontraste algo? —le pregunta al Chino—. ¿Una bolsa aunque sea? —El Chino niega con la cabeza mientras sigue revisando—. Concha suya. Me banco que una puta no tenga tetas, pero ni en pedo que no tenga falopa. ¿De dónde carajo era la negra esta?

—Por la bandera, cubana —dice el Chino.

—Portorriqueña —dice Fede.

—Más que portorriqueña debe ser india. Me tiré en la cama esa y con todos los resortes para afuera parecía que me estaba acostando en la de un faquir.

—Naaaaaaa —salta el Chino.

—¿Qué pasa? —dice el Tuna levantando el cogote—. ¿Qué encontraste?

—Fascination —dice sacando una tira de forros como si fuera una corvina—. Hay que estar desesperado para usar estos.

—Jugado —dice el Fede—. Yo una vuelta estaba con una mina en casa y me había olvidado los forros en lo de una flaca que me estaba cogiendo seguido. —Me mira el vago y vuelve a guiñarme el ojo—. Así que me mandé para la pieza de mi hermano y lo único que encontré fueron Fascination. Un garrón. Me quedaba tan apretado que parecía una estatua.

—Los peores son los Gold —dice el Chino—. Valen dos chirolas, pero te salen más caros que comprar oro. Te los ponés y lo próximo que ponés es un pañal o la guita en una clínica.

—No le hablés de forros al Tuna, que te entiende menos que si le hablás de química nuclear.

—Váyanse a cagar y encuentren a esa negra, la puta que los parió —dice el Tuna, vena hinchada en el cuello. Los otros dos lo miran, tragan saliva y se ponen a revolver juntos. El jefe vuelve a pasarse la mano por la cara y después se palpa el bulto. La puerta se abre y todos miramos para ahí. No entran buenas noticias. Muchos menos para mí: el Monstro y el alto de gorra que estaba en la parada siguen de largo y, por el espejo de la cómoda, veo que se sientan en la cama y quedan a mis espaldas.

—Nada —dice el Monstro, y le da un cortito al tipo que da signos de vida lanzando un quejido—. ¿Este largó algo? —El Tuna niega con la cabeza—. ¿Y ese? —pregunta cabeceando por mí.

—Este va a tener que elegir ahora si quiere largar sangre o información.

El Tuna ya no parece tan tranquilo. Se pasa la mano por el cuello de la remera tratando de acomodarse una soga invisible. Detrás de mí, el Monstro y el alto se levantan y se acomodan cada uno a un costado de la cama. De la cajonera, el grandote saca un atado y se prende un pucho. El Chino sigue a mi derecha. De los bolsillos, aparte del bretel de un corpiño, le cuelga la tira de forros. Fede es el que está más cerca, sentado dentro del ropero. Él también está fumando.

—¿Ya te decidiste o querés que elija por vos? —dice el Tuna, brazos abiertos sobre el respaldo del sillón.

—Estoy tratando de encontrarlo, como ves.

—Lo único que veo es que te pensás que soy un pelotudo. ¿Dónde está el Yunque? ¿Para qué mierda querés a la negra?

Infla los cachetes y larga el aire por la nariz. Con la derecha le arranca el relleno al sillón.

—Hoy leí algo que te va a interesar —dice—. Ayer fue una noche dura. Comí algo que me cayó como el culo, así que me pasé media mañana cagando. Siempre tengo alguna Eroticón o Playboy para pasar el rato. Pero no quería ver ni una teta. Vos viste con los dos camiones que andaba ayer.

Divinas. Pero insaciables. Les di y les di y les di para que tengan. Me dejaron la cabeza de la chota a la miseria. No te das una idea lo que me arde. Al final sentía como si les hubieran alfombrado la concha. Entonces ahí estaba en el trono. Lo que menos quería era que se me parara la pija, así que olvidate de que tocara mis revistas. Tanteé entre las de mi primo. Aquel es más bocho y son todos *Muy Interesante* o de esa onda. Cacé una y encontré una noticia que me hizo acordar de vos. Decía que por más bien que un flaco sepa boxear, contra cinco personas va a terminar perdiendo. —Y con el dedo empieza a contar uno, dos, tres, cuatro, hasta que se señala a sí mismo—. Si no hablás, te llegó la hora de perder.

—El problema es que no hay cinco —le digo.

—¿Cómo que no?

—No hay cinco —insisto. Él achina los ojos—. Porque cuando vean cómo te rompo la nariz, dos van a saltar y dos van a correr.

El Tuna se rasca la cara y mira a los suyos, antes de volver a ficharme.

—¿Y qué te parece si saco esta y la hacemos más corta? —dice mientras se para y se levanta la remera mostrando la 9 mm dorada.

—Me parece que estás desesperado, Tuna —le digo, parándome también—. Que mi cabeza y la de mi amigo no son las únicas que están en juego. Porque el que se mandó la primera cagada fuiste vos. Y si conozco bien a tu tío, no le cabe que lo hagan quedar como el culo y vos lo estás haciendo.

El pecho se le hincha. Los dedos se abren y se cierran a los costados de la cintura. El Fede salió del ropero y mira con los brazos en jarra.

—¿Vos sabés contar? —le digo al Tuna y doy unos pasos. La mesa redonda deja de estar en el medio—. ¿A cuánto calculás que estamos? ¿Cinco metros?

—Ponele.

—Allá en la tumba conocí a un correntino que estuvo en Malvinas. Cuchillero el vago, se faenó a unos cuantos piratas en las Islas. Él siempre jodía con su regla de los cinco metros. Decía que en un duelo entre un tipo armado y otro con un cuchillo, si estaban separados por cinco metros, el de la faca llevaba las de ganar.

—No te veo una faca.

—Tengo algo parecido. —Cazo el caño de plomo. El Tuna empieza a llevarse la zurda a la culata—. ¿Estás seguro de que vas a ser tan rápido?

—¿Estás seguro de que vas a poder con los cinco?

—Estoy seguro de que vos vas a cobrar.

De reojo, en el espejo veo que el gordo está por dar un paso.

—¿Te la vas a jugar a que el Monstro no tiene un fierro?

—¿Hay armas de su talle?

—Él mismo es un arma.

—Para cuando llegue acá, vos ya vas a tener la cabeza reventada. Si da un paso, yo voy a dar tres. Pensalo, Tuna.

La frente le brilla. La transpiración me pega la remera a la espalda. Los dedos del Tuna bailan al lado de la culata. Una gota de sangre cae de la punta del caño cuando lo giro, como si estuviera dándole cuerda. El Tuna larga el aire.

—Está bien —dice.

La sonrisa lo vende. Amaga a sentarse, pero la zurda va a la culata. Corro, llevando el brazo para atrás. Saca la pistola. Brilla. El caño también. La sube. Bateo.

Un balazo, un grito y un crack al mismo tiempo.

El antebrazo izquierdo del Tuna se parte a la mitad. El hueso roto se asoma como dientes de un pinche ensangrentado. La otra parte del brazo cuelga muerto. La pistola cae el piso. Me doy vuelta. El Chino mira cómo el Tuna se revuelca en el piso sin parar de gritar y camina para atrás hasta que tropieza con la pared.

Una estampida se me viene encima. El Monstro avanza con la piña lista. Finto con las piernas. Izquierda, derecha. Cuando sigue de largo, le reparto un cañazo en la rodilla. La pierna se le abre como una V. El peso cae vencido y se desparrama, aterrizando primero con el mentón en el charco de sangre que el Tuna sigue alimentado.

Pispeo al alto, que duda entre venir o rajar. El Chino desapareció. Ya debe estar en Puerto Rico. El Fede se acerca haciendo guantes, entre el coro de gritos de sus compañeros. Zumbo con el caño. Zafa. Vuelvo a tirar y le doy en las costillas. Traba el plomo con el brazo pegado al cuerpo y me reparte un zurdazo. Suelto el ñoca, que pega en su pie y rueda sobre el piso hasta quedar al lado del alto.

—Agarralo —le grita.

Pero el alto ni bolilla. Fede vuelve a armar la guardia. Tiro un gancho de zurda y, cuando se cubre, le tiro un *cross* que le da de lleno en la trompa. Tambalea. La derecha le revienta el ojo en uno, dos. Tropieza con la cama y termina en el piso. Se hace bolita, protegiéndose la cabeza. Le busco las costillas y no le queda otra que bajar las manos. Cuando lo hace, le pego un derechazo en la bocha. Le sacudo hasta que los brazos caen desenchufados en el piso.

El alto me mira. Se empieza a mear encima. Basta que dé el primer paso para que le haga un homenaje a Forrest Gump y se vaya corriendo.

Miro la pieza. El más entero ahora es el recepcionista que se levanta como puede contra el borde de la cama. El Monstro está desmayado y la gamba rota parece la boca de un *pacman*. El Tuna sigue gritando y gira, dejando manchas rojas por todo el piso como si su propio cuerpo fuera un rodillo. Me agacho y lo levanto tirando del flequillo hasta dejarlo boca arriba.

—Te dije que te ibas a mandar una cagada.

Los ojos pierden foco y se desmaya. Voy con Fede. Lo acomodo contra la pared. Piedras rojas caen desde la boca y le aterrizan en la panza. Tres dientes menos.

—Hijo... de —alcanza a decir.

Le reviento los huevos a patadas. No sé cuántas, pero las suficientes para que la furia se empache. Cae de costado sobre el piso.

—Ahora ya no vas a necesitar forros —le digo.

Llora. El muy puto llora y se retuerce. Me acerco al recepcionista y lo ayudo a sentarse en la cama.

—Maripily —le digo. Lo cacheteo un poco para que reaccione. Busco una botella de agua, pero no hay caso. Miro el charco de sangre. Le hundo la jeta y recién ahí se despabila—. Maripily —insisto—. Ayudame, viejo, si no querés que te la hagan cagar.

—Con un... con... está con un tipo.
—¿Dónde puedo ubicarla?
—No sé.
—¿Cómo que no sabés?
—Ahora no sé... Ta con un particular... Mañana... labura en el... una casa...
—¿Dónde?
—Por el bajo, al lado del Bar Jalados... A las seis empieza su turno... y a las doce viene para acá. —La tos lo vuelve a interrumpir.
—¿Bar Jalados?

Sacude la cabeza en un sí.
—El departamento de ella tiene una.
—¿Una bandera de Puerto Rico en la puerta?

El viejo sonríe y carraspea un *cuidala*. Lo cargo hasta el pasillo. La mina de la primera habitación ya despachó al cliente y está en la puerta pispeando.
—¿Qué le pasó? —pregunta.
—Se encontró con unos *joeputa* —le digo y se lo entrego—. Encargate vos, mami.

Me meto en la oscuridad y me pierdo. La respiración agitada retumba en ese túnel. Quiero encontrar ya a estos hijos de puta. A Carabajal. A Maripily. Al Cordobés. A Rufino. Al Estatua. Encontrarlos y, si se plantan, bajarlos como a estos giles. Bajarlos a todos.

Pero hay gente que tiene otros planes.

En la calle, apoyados contra un Gol de vidrios polarizados, me están esperando Somoza y Rivera, dos dedos de la mano derecha del gordo Ferreira.

—Dogo, el jefe nos mandó a buscarte.

Quiero negar con la cabeza, pero no me dan ni tiempo. Rivera abre la puerta de atrás del Gol, y Somoza, el baúl.

—Tu única opción es elegir dónde querés viajar.

Me meto en el asiento trasero del auto, pero siento como si me estuviera metiendo en un pozo.

Y empiezo a caer.

SEGUNDA PARTE
ALGO QUE VER CON LA RABIA

CAPÍTULO 23

Para mañana a la noche, o lo encontrás al Yunque o te encuentra una bala.

Las palabras del gordo Ferreira todavía me retumban en el bocho cuando, tres horas más tarde, estaciono en el lugar donde rompí dos bocas: la puerta de lo que queda del boliche Santuario.

Ficho el baldío de al lado. Los yuyos son tan altos que tapan la ruta y solo sobresalen unos árboles. Salvo dos autos de la mano de enfrente, la calle está vacía. Miro buscando al Yunque. Rápido. Como se mira a lo que se defrauda.

Las manos ahorcan el volante, los brazos acalambrados. Y la cabeza en corto.

El gordo Ferreira no gasta saliva al pedo. Promete. Cumple.

Tenemos que zafar. Tenemos que juntar la guita. Tenemos que ubicar a Rufino o a García.

Un golpe en la ventana me hace saltar en el asiento; el Yunque. Me estiro y le abro.

—Después el impuntual soy yo —dice mientras se mete en el auto—. ¿Qué te pasó?

—Anduve… —La voz sale quebrada y carraspeo para recuperarla—. Anduve pateando puertas.

—¿Pateándolas o pegándoles piñas? —La vista clavada en mis manos.

—Con algunas tuve que usar un poco más de fuerza.

—¿Qué averiguaste, Pentágono?

Dos luces altas aparecen en el espejo retrovisor y desaparecen cuando un Renault 12 pasa por al lado.

—Tengo una punta de Maripily. No mucho —digo—. Y del Cordobés… —Dejo que el apodo flote, mientras trato de ordenar mi cabeza. Qué contar. Qué no—. Hotel Brisa. Último piso.

—Carbone —se anticipa el Yunque y se ríe—. Como los viejos tiempos. Primero al boliche y después al telo.

Clava la vista en el capó del auto y su mirada se pierde en algo distante. La sonrisa desaparece y ficha el frente del local. Vidrios polarizados, *graffitis* grises y una puerta con el cartel de clausurado.

—Buenos momentos ahí adentro —dice.

—Buenos.

Y lejanos.

Sobre la entrada, el cartel de Santuario, un neón que no enciende, los huesos de algo muerto.

O lo encontrás al Yunque o te encuentra una bala.

Su cabeza o la mía.

Vuelvo a carraspear. Tengo una parte que no quiero largar. El Yunque se mete una mano en el bolsillo y saca una petaca. La agito. Poco y nada queda.

—Tardaste mucho —dice.

Remato el whisky de un saque. Quema. Quema, pero no borra.

—Vení. —Cabecea para afuera—. Tengo otra en el auto.

Nos mandamos para el baldío, siguiendo dos líneas de yuyos aplastados hasta llegar a un Mondeo blanco que espera bajo un árbol. Las ramas techan el lugar y un poco de luz de la calle alcanza a filtrarse.

—Lo quería en negro —dice, abriendo la puerta.

La lamparita de adentro se prende. Latas de cerveza, forros usados y colillas de cigarrillo riegan la base del tronco. En la pared del costado del boliche, una puerta abierta por la que se alcanza a ver una de las pistas.

—Alguien anduvo preguntando por *un tal Yunque* en el hotel —dice destapando la petaca—. Si me quedaba, la cama no me la iba a hacer la señora que limpia. —Le sacude al whisky y me lo pasa—. Sabía que este lugar estaba abandonado así que me pregunté por qué no podía ser nuestro nuevo aguantadero. Siempre nos trajo suerte.

—Seis años después —le digo—, y siempre que venimos estás bailando con la más fea.

—Andá a la mierda —dice estirando el brazo para agarrar la petaca—. No sabía cómo decirte para que vinieras. Pero estuve bien, ¿no? La noche que rompiste dos bocas. ¿Cómo era el tipo al que embocaste?

Hago memoria, pero las palabras de Ferreira siguen ahí como un cartel que brilla. El resto es algo borroso. Levanto los hombros.

—Y sí. La que te acordás es la otra boca. Aunque me parece que fue ella la que te la rompió.

Me pasa la petaca. Tomo y tomo. Alimento el fuego.

—¿Sabías que tengo un hijo? —le digo. Niega con la cabeza—. Mauro se llama. Pensé que sabías.

—Sabía que ella estaba embarazada.
—¿Qué querés decir?
—¿A quién le pegaste?
—¿Qué tiene que ver?
—Espero que no, pero creo que tiene bastante que ver.
—Es mío —le digo—. Y el Tuna y Fede no van a joder más.
—Ferreira va a tomar cartas en el asunto.
—Esperemos que las juegue peor que vos.

El Yunque se estira la jeta con las dos manos. Levanta la cabeza y me mira. Quiero decirle. Más que un nudo, tengo una horca en la garganta. Voy a cantarle la posta, pero él abre la boca primero. La palabra que va a decirme se deshace en una mueca.

—¿Qué? —digo.

Resopla. Está más viejo que ayer, como si hubiera envejecido diez años en un día. Algo que mezcla cansancio y miedo le tiñe la jeta.

—Andá a descansar —dice y hace señas para que volvamos—. Yo me encargo de ubicarlo el Cordobés.

—¿Seguro?

—No te preocupés. No me voy a timbear —y con una sonrisa agrega—: Tengo la entrada prohibida ahí.

Nos paramos uno frente al otro. El Yunque estira los brazos y me da unas palmadas en los hombros.

—Tenemos que terminar esto hoy —le digo.

Asiente con la cabeza.

—Hoy mismo. —Me suelta los hombros—. A las dos de la tarde, acá. Para ver qué pescamos. Y de ahí a patear las puertas que faltan.

El Yunque gira el cuerpo y mira el cartel de Santuario.

—Sabés que nos veo a los dos ahí, esperando para entrar y reventar la guita, para buscar un cacho de paz que ya no estaba acá. Estaba en casa.

Nuestras miradas se pierden en la entrada. Las puertas negras con la pintura descascarada y el óxido empezando a asomar. La basura amontonada en un rincón. Dos tacos altos gastados cuelgan de las manijas atados por las hebillas, velas a un santo de pies de barro.

—Esos tendrían que ser nuestros guantes.

—No —le digo—. Porque ahora los necesitamos más que nunca.

Lo abrazo. Nos soltamos y el Yunque asiente, largando el aire por la nariz.

—Me voy yendo —dice—. Hoy va a ser un día muy largo.

Apura el paso para el baldío. Las sombras empiezan a taparlo.

O lo encontrás al Yunque o te encuentra una bala.

Una ráfaga de viento sopla. Una bolsa pasa volando delante mío. Un diario aletea en un rincón y, en la puerta, los zapatos se mueven. Bailan.

Cuando vuelvo a mirar el baldío, el Yunque ya no está.

En la otra cuadra, asoma una cabina de teléfono. El final de todo esto está a un llamado de distancia. El final está muy lejos.

Tiemblo, pero no tiene nada que ver con el viento.

Puede ser la última noche, y hay un solo lugar donde la quiero pasar.

Cuando llego, ella está en la cama, con un velador prendido y un cigarrillo humeando en su mano. Se lo saco y lo mato en el plato. La busco, como quien mueve las brasas antes de que se apaguen. No sé si abrazo un recuerdo o qué. La beso. Nos decimos con el cuerpo lo que no podemos con la boca. Se sube arriba mío. Me guía. El pelo rubio cae sobre mi pecho y se sacude con cada cabalgada como una marea amarilla. Me hundo en ella. Naufrago en ella. Me pierdo en ella.

La luz.

La última luz.

CAPÍTULO 24

El cartel de neón de Santuario parpadea y tiñe toda la calle de rojo.

—Puta madre —digo y sacudo la mano. Un hilo de sangre cae desde el nudillo.

—¡Cómo lo calzaste! —dice el Yunque.

En el baldío, varios autos con los vidrios empañados. Pegado al boliche, una fila de media cuadra para entrar. El murmullo de las charlas llega y desaparece cuando la puerta del boliche se abre y la música se escucha al mango.

—Me cortó la mano el hijo de puta.

—Qué puntería la tuya. Le diste en el único diente que le quedaba.

Me río. El Yunque me pasa un pañuelo y me lo aprieto contra el corte.

—¿Querés que llame una ambulancia o vas a estar bien?

—Andate a la mierda —le digo—. ¿Y el Lepra?

—Se quedó adentro. Se estaba chamuyando a una flaca. Vamos a buscarlo. —Me hace señas para que lo siga y caminamos pegados a la pared que da al baldío, hasta llegar a una puerta de chapa. Golpea dos veces—. Esperá.

Una F100 se mueve como si tuviera resortes en vez de ruedas.

—Pasen —dice el urso de dos metros que nos abre.

—Gracias, Tavo. —*El Yunque le pasa un billete por lo bajo y nos mandamos.*

La pista principal está hasta las pelotas. Contra la pared, varias parejas se meten mano a más no poder. En el baño de mujeres hay más cola que afuera. Avanzamos a los tumbos entre la marea de gente, enfilando para la barra.

—Allá está —dice el Yunque. El Lepra, acodado contra la punta. Solo.

Tardamos un tema de marcha en llegar. El Yunque le hace el signo de la victoria al barman, que nos sirve dos chops de birra.

—Y ¿qué pasó con la piba? —pregunto.

—Una de más —dice—. Le dije que estaba más fuerte que aliento de perro. Y se puso a llorar. Justo hace dos días que se le había muerto su querido perro salchicha. No me jodas. ¿Tanta mala leche se puede tener?

—Sos un flor de boludo.

El Lepra levanta los hombros. Le pego unos tragos a la cerveza y me apoyo el chop contra el nudillo.

—¿Se fue y se olvidó su trago? —pregunta el Yunque, agarrando una copa triangular con un trago rosado.

—Eso es mío, la puta que los parió —dice el Lepra—. ¿Qué tiene de malo?

—No tiene nada de malo, siempre y cuando te gusten las pijas de veinte centímetros.

—No entienden nada ustedes —dice y levanta su trago para hacer un brindis.

Aprovechamos que los de al lado se toman al palo y copamos rancho. Un grupo de flacas bailan en ronda, y en el medio, como si fuera una fogata, una pila de camperitas y carteras. Dos chabones tratan de sacar a bailar a algunas del grupo, pero rebotan como pelotas de goma. Hacen frontón contra todo lo que se les cruza. Tienen media pista más para ser rechazados, pero dejo de verlos. Mi mirada se queda en una rubia. La misma rubia que hacía un rato me estaba fichando mal. Cuando gira, el pelo le cae sobre la espalda desnuda. Tiene un top blanco y un jean apretado que le marca bien el ojete. Es de esas minas que hasta con jogging tienen buen culo.

—¿Con qué colgaste? —pregunta el Yunque.

—Aquella está meta mirar.

—¿Cuál?

—La rubia al lado de la columna.

—Ufff. Terrible esa biarru. La vi hoy temprano. Tiene un culo para ponerle tribuna al inodoro.

—¿Seguro que te está mirando? —dice el Lepra—. A mí la otra vuelta me pasó que había una que me estaba meta mirar y cuando me le tiré me cortó la jeta. Resultó que la flaca no me estaba fichando. Era bizca.

—¿Y no te la tiroteaste igual? —pregunto.

—No daba.

—¿Cómo que no daba? —dice el Yunque—. Las bizcas son lo último en mujeres.

—¿Vos decís? Voy a tener que probarlo entonces.

—Después contanos.

—Voy a ver si pesco algo —dice y encara para la pista.

—Vos podés, Travolta —y cuando se va agrega—: Este es

tan boludo que capaz que se creyó lo de la bizca. —Toma un poco de birra—. Y sí. La mina...

La chica rubia baila, moviendo los hombros y la cadera. Mira. Se lleva un cigarrillo a los labios rojos y lo deja ahí, mientras levanta los brazos. Las uñas también pintadas de rojo. Las baja y agarra el pucho, largando el humo que le tapa la cara. Sus manos vuelven a subir y serpentean en el aire. Baja la frente y así, con la cabeza gacha, me vuelve a mirar con unos ojos que son pura pestaña. Gira hasta quedar de espaldas. Una de sus amigas se cruza y me tapa el culo. Le ficho las manos, arriba otra vez, juntas, mientras su cuerpo se ondea. El pelo latiguea su espalda y después aparece su cara, escondida detrás de un hombro, para comprobar que la sigo mirando. Guacha, pienso. Pero no puedo sacarle los ojos de encima.

— ...ir? —vuelve la voz del Yunque.

—¿Qué?

—Que si vas a ir, boludo.

Hago un fondo blanco y dejo el chop en la barra. Arranco para la rubia y el Yunque me pega un golpe en el pecho a lo Timoteo Griguol. Empiezo a esquivar gente. El tema termina y la marcha también. La cumbia suena en los parlantes y la pista explota. Alguien me tira un vaso encima y me moja la remera. Perdón, me dice. Perdón. Lo mido. Vuelvo a mirar a la rubia. No. No da, y en vez de un saque le regalo un conchatuya. A medida que me acerco, ella se hace la boluda y me da la espalda. Le doy un golpecito en el hombro.

—Al fin —grita—. Si te seguía mirando, te iba a terminar ojeando.

—Estaba esperando que terminara el tema. Te veía muy compenetrada.

Se lleva el índice a la oreja, negando con él.

—No te escucho —grita.

Me acerco. Ella pasa el brazo detrás de mi cuello y me acerca todavía más. El perfume se mezcla con el olor a cigarrillo. Tiene un lunar en la espalda.

—Que estaba esperando que terminara el tema para invitarte a tomar algo.

—Nada de tomar —dice ella—. Bailemos un rato.

—Ni en pedo.

—¿Seguro? Vos te lo perdés.

—No sé bailar, no me gusta.

—Un boxeador que no sabe bailar. ¿Desde cuándo? Así vas a terminar en la lona.

—Si vos sos la que me tumba, no hay problema.

Se ríe, mordiéndose los labios y levantando el mentón, sin dejar de bailar. Le cruzo un brazo por la espalda. Ella se mueve y trata de contagiarme. Me agarra de las manos, pero es como tratar de mover a una marioneta de cemento.

—¿Y quién te dijo que soy boxeador?

Se separa y me hace girar. El trompo más torpe del mundo.

—Vi que sos bueno con las manos —me dice—. Rápido sobre todo. Pero conmigo te va a costar, Dogo.

—¿Cómo es eso de que sabés mi nombre y yo no sé el tuyo?

—El mío no lo sabe cualquiera.

—¿Y qué tengo que hacer para que me lo digas?

—Bailar. Dale, dejate llevar que yo te enseño.

Vuelve a hacerme girar y nos enredamos.

—*Es la diferencia de altura* —*le digo cuando nos separamos.*
—*Sí. Puede ser eso, o que tenés menos piernas que un fantasma.*

Y ahí soy yo el que me río, y ella me devuelve la sonrisa. Tironea de las manos y me pega a su cuerpo. Le mido la boca y cuando me acerco, me esquiva y giramos.
—*Feo eso...* —*digo y se me caga de risa.*
—*Te dije que te iba a costar* —*dice, y cuando agacho la cabeza, la guacha me agarra con la guardia baja y me come la boca. Solo me suelta para decirme su nombre*—: *Lara.*

El recuerdo desaparece y me deja adentro una resaca amarga. El cartel de neón de Santuario no parpadea y con la luz del sol puede ver una telaraña entre la *n* y la *t*.

Dos y media, y ni noticias del Yunque.

Cuando entro, algo sale corriendo en la otra punta de la pista vacía y se pierde por un hueco. Rayos de luz se alcanzan a meter por los agujeros en el techo y son la única iluminación. Una capa de polvo tapiza el lugar. Detrás de la barra, botellas de Criadores acumuladas y una sola de Johnny Walker. *Siempre te dije que vaciaban las botellas caras y las rellenaban con mierda,* me hubiera dicho el Yunque.

Pero el Yunque no está y el reloj sigue corriendo.

En los espejos rotos de la barra, *graffitis* batiendo amores eternos de media hora. Una pintada de dos chicas bailando ocupa toda la otra pared, coronadas por la frase *En el Santuario, los ángeles tienen tacos, no alas.*

Vago por adentro, como si, más que en un lugar, estuviera metido en una versión descartable de un recuerdo. Algo que existe, pero no se puede tocar. Paso por al lado de la columna. Lara bailando. Lara sonriendo. Lara besando.

Una paz que busco donde ya no sé si está.

Me asomo al frente y ficho para afuera por un agujero que tiene toda la pinta de ser de un balazo. El ruido de un auto. Disminuye la velocidad, el tiempo suficiente para darme una esperanza que no tarda en romperse cuando vuelve a acelerar. No sé qué hora es. Pienso en ir a fijarme al auto, pero sé que si voy, lo más probable es que me vaya a lo de Carbone o a tirarme un lance a ver si la negra ya apareció. Tengo que esperar. Tendría que haberme traído whisky.

—La reputa madre, Yunque.

Miro el boliche. Todo empezó acá. Todo termina acá. Trato de domar los *y si* que se filtran a la marola, pero no puedo pararlos a todos. Y si hubiéramos colgado los guantes esa noche. Y si lo agarró Rufino y lo hizo cagar. Y si García se borró. Y si el bebé no es mío. Y si me dejo de joder y salgo a enfierrar y a la mierda. Y si y si, y si. Basta.

Cazo una botella de Criadores y la revoleo contra el espejo creando una lluvia de vidrios. Me dejo caer, cansado, rendido. Trato de ocupar la cabeza, volviendo a ese recuerdo de Lara como quien se pone un payé. Pero el pasado es algo engañoso. Algo que no existe. Y un recuerdo que te abraza te puede empezar a ahorcar de un momento a otro.

Voy a poder, me digo. Voy a poder. Con ella. Con Yunque. Con todo. Me lo repito una y otra vez dándome manija.

Voy a poder.

Algo se apoya en el techo de chapa y hace llover tierra. Algo corre entre los yuyos. Una cumbia empieza a escucharse más fuerte y desaparece cuando el auto sigue de largo. Un ruido débil que podría ser cualquier cosa. Me apoyo para levantarme. Las manos se me llenan de polvo y las sacudo en el pantalón. El ruido se siente más cercano. ¿Pájaros saltando de una rama a la otra? ¿Pasos sobre el pasto? Un vidrio se estrella contra el piso. En el espejo, otro cacho hace equilibrio al lado del pedazo que se acaba de descolgar. El ruido otra vez. Sí. Son pasos.

—¿Yunque?

Otro paso.

—¿Yunque? —insisto.

Una sombra se dibuja sobre la puerta abierta y desaparece cuando un tipo se para en el hueco. Remera y pantalón negro. Tiene que cogotear para entrar y recién ahí puedo verle la jeta. Es la primera vez que lo veo, pero no tengo dudas de quién es: el Tótem.

—El Yunque es el que sigue —dice—. Ahora te toca a vos, Dogo.

CAPÍTULO 25

El Tótem cierra la puerta y su silueta se transforma en una mancha negra. Los rayos de luz que se descuelgan del techo como reflectores lo alumbran a medida que se acerca. Una ola de polvo escapa a la oscuridad. Un tubo de luz le da de lleno en el pelo. Ni así parece un santo. Las sombras le embolsan la jeta, como si se hubiera puesto una máscara de verdugo.

—Siempre nos compararon en el barrio —dice el Tótem—. Hasta hoy.

Sale del reflector, los ojos se pierden en pozos, los pómulos afilados y una nariz ancha tiñen de negro una boca que parece una cicatriz.

—Espero que te la aguantes tanto como boquean —sigue—. Allá en lo de Dalmiro siempre me quedaba manija para repartir. Un golpe y a la lona. —Da unos saltitos. Cruza y descruza los brazos sobre el pecho—. Ahora es fácil que no abras la boca, pero cuando empieces a cobrar, te vas a desesperar para contarme todo pensando que así vas a salvar el ojete. Ya te digo que no va a funcionar. —El índice abanicando acompaña las palabras—. Y lo más triste es que me lo vas a decir igual. Todos rezan cuando se ahogan con sangre.

La furia y la adrenalina anidándose en el pecho, fluyendo a las manos y piernas. Me lleva una cabeza, fácil. Una cabeza y cincuenta kilos. El Tótem se saca la remera, pasa la mano por encima de la barra y en ese mismo lugar la apoya. En el espejo, veo que tiene tatuado un pilar de cabezas totémicas que le ocupa toda la espalda. Al lado hay varios nombres.

—Primero voy a tener tu sangre en las manos y cuando termine, tu nombre en la espalda.

—Pensé que esa era la lista de los que te habían roto el culo.

Se suena el cuello y se acerca, pasa por otro rayo de luz.

—Vas a ser el segundo perro que mate —dice—. El primero me lo había regalado mi viejo cuando cumplí cinco años. Un doberman. Tenía catorce cuando me comió una piedra de faso. Le pegué en los pulmones para que la escupiera. Primero piñas. Después a patadas. El hijo de puta tosió. Largó tres kilos de sangre, pero no la piedra. Y lo amaba a ese perro.

Abro y cierro los puños, me cuadro. Dos metros. Empezamos a girar en círculos. El pecho del Tótem parece la cabina de un Scania. Tiro un derechazo a los riñones. Rápido. Entra de lleno. El mismo golpe, varios años antes; Irusta doblándose. Irusta cayéndose. El Tótem parado en el mismo lugar como si nada. Problemas. Problemas grandes. Otra mano al mismo lugar. No se mueve ni un paso. La zurda busca el mentón. Sigue de largo. El Tótem gira. El gancho que me busca la jeta encuentra el hombro. El vago no tiene dedos, tiene ladrillos. Mi brazo izquierdo se abre con el golpe, la guardia se desarma. Un *cross* me da de lleno. Crack. Negro. Otro golpe. Negro.

Un zumbido en la parte de atrás de la cabeza, como si con la piña me hubiera dejado un montón de abejas. Pican. Me ciegan. Tres pasos para atrás. Armo la guardia. Los brazos me pesan. Seguimos girando. Bailamos.

La boca se me llena de sangre. Desde adentro y desde lo que me chorrea de la nariz. Escupo. Una piña a la boca del estómago. Busco aire. Encuentro asfixia. Me doblo. Voy para atrás. Trato de frenar los golpes con los codos, que se rompa las manos contra la parte más dura, pero no es boludo. Subo la derecha y tiro un golpe para hacer espacio. Es al pedo. Tiene los brazos más largos que yo. Esquiva. Me acogota con una mano y con la otra sacude. El tercer golpe me hace volar. Los huesos laten. El aire. El dolor. Gateo. Mi mano tropieza con algo. Algo que agarro del cuello y dándome vuelta se lo rompo en la cabeza. El vidrio salta. Gotas que se hacen río y le tapan la oreja. Y ahí sí el forro se tambalea.

Con el envión sigo de largo y vuelvo al piso. Apoyo una rodilla, pero el cuerpo se vence y tengo que usar las manos para no caerme. Domo el mareo y lo uso a mi favor para pararme. El Tótem se arranca un pedazo de vidrio del pelo y lo tira como si fuera un chicle. Se peina usando la sangre como gel. Una gota en la punta del jopo. Una gota en el piso. Está tocado. Tengo que aguantar. Al vago no le duraba nadie más que un golpe. No está acostumbrado a cobrar. No sabe esquivar. El zumbido en la raíz del cráneo pierde tres aguijones. Me limpio el ojo. Respiro y largo aire rojo por la boca.

El Tótem vuelve a atacar. Uno-dos. Uno-dos. Esquivo y esquivo, girando para no encerrarme contra la pared. En su cara, miedo. Duda. Perder. Algo se enciende y brilla en la cabeza. ¿Por qué sigue parado? Se ciega y se me tira encima. Un tacle y chocamos contra la barra. Ruido de botellas al otro lado. Rodillazos en la boca del estómago. El aire falta. Soy peso muerto.

Cuando abro los ojos, veo mi cara frente el espejo. El pecho vencido sobre la barra, la pera apoyada. Mi cabeza sube. Unos dedos me levantan desde el flequillo. No siento el tirón. Lo veo, pero no lo siento. No siento nada. Mentira. Cuando dejo de ver, siento. El Tótem me martilla la cara contra el mármol de la barra. Una vez. Duele. El pómulo aterriza de lleno. Dos. La cara no me pertenece. La piel se duerme. Otro golpe. Me vuelve a levantar. El espejo. Mi jeta es el Ying y el Yang. Mitad roja, y el ojo un punto blanco. La otra mitad, la ceja llena de sangre.

—Mirate bien, hijo de puta —dice.

Este es *ese* momento, me digo. Son solo cortes. Conozco el ruido de los huesos cuando se rompen. Conozco el ruido de una persona cuando se rompe; y no lo escuché. El Tótem se está arrancando otro vidrio de la frente. Los ojos se parchean. Vuelvo a sacudir la bocha. La vista se pierde en otro reflejo. No. No es la sangre. Es algo que se pierde en ese charco. Una esquirla de espejo. El Tótem se acerca. Mi mano izquierda cangrejea sobre el mármol. Llega. Él me agarra. La zurda se corta, la zurda me cruza el pecho. Me envuelve. La zurda lo clava y el codo de la derecha martilla el vidrio a la altura de su hígado. La parte más dura. La faca desaparece dentro de él. Sus ojos se abren. Y trastabilla.

Cae.

Sus manos tratan de escarbar y sacar el filo. Se despelleja los dedos. No hay caso. Le pego una patada en el pecho y lo tiro al piso. Me pongo encima, le trabo los brazos. Y sacudo. Uno. Dos. Tres. Dejo de contar. Nudillos contra la jeta. Lo desarmo. De piel a sangre, de sangre a pulpa, como se descuartiza el odio. El ruido seco de la carne es lo único que escucho. En los dedos siento que su mandíbula se va quebrando. La jeta gira para un lado y para el otro con cada saque que alterna derecha e izquierda.

Me levanto, con un pie a cada lado. Un par de gotas lo van tapando, como si yo estuviera transpirando sangre. Lo miro morirse, hasta que los ojos se me vuelven a parchear. Un rayo de luz cae sobre lo que queda de su cara. Un pájaro se apoya en el techo y tapa el hilo amarillo. El reflector desaparece.

Para cuando el pájaro vuela, ya no estoy ahí.

CAPÍTULO 26

La aguja abre la carne y el hilo la cierra. Doy el último punto. En lo que una vez fue portarretrato, ahora hay un espejo en el que puedo ver una segunda ceja que parece hecha de alambre de púa. Más carnicero que tordo, pero el corte está cerrado. Estiro la aguja y corto el hilo. Intento hacer un nudo. El pulso me tiembla.

—A ver, dejame.

Uñas pintadas de rojo carcomido estiran el hilo y lo cierran con un nudo doble.

—Gracias.

Para la ceja izquierda alcanza con un poco de La Gotita. Giro la cara y veo que el lado derecho de la jeta parece un talle más grande. El pómulo se llevó la peor parte. En la venda que lo tapa, un círculo rojo empieza a crecer pero más lento que antes. Sobre la mesa, los dos vendajes anteriores. El primero, un cuadrado empapado de sangre. En el segundo ya solo se formó un círculo. Más allá, alcohol, azúcar y un pañuelo lleno de hielos, que se van haciendo charco y empapan unos apuntes con párrafos resaltados en amarillo.

—Con eso se la va a bancar —dice Ocki y la segunda ceja desaparece detrás de otra curita.

Del baño me trae una tira de analgésicos y me bajo dos con un vaso de agua fría. El teléfono mudo en un rincón. Arriba, el reloj apretando. Cuatro menos cuarto.

—¿Estás segura de que no llamó nadie? —pregunto.

—Segura. Desde las siete que estoy con esto. —Sacude el apunte.

Tiempo muerto. Un vacío. Nada que hacer. Ni curarme. Ni correr. Ni pelear.

Esperar es una mierda.

Pienso la próxima movida. No quiero quedarme quieto. No puedo quedarme quieto. Agarro el espejo. El reflejo de mi mano, la sangre seca debajo de la uña donde tendría que haber un recuerdo feliz. ¿Dónde carajo quedaron las fotos? Me levanto para dejarlo con los otros en la mesita de luz. El primer paso es torpe. El segundo se afianza. Tendría que doler, me digo, pero la adrenalina es una droga que borra todo y solo deja la necesidad de sobrevivir.

—Si te llega a llamar, decile que voy a buscar a la mina. Que después lo busco en Santuario.

—¿Qué vas a hacer? —dice Ocki, cabeza gacha. En la mesa ya no están ni las vendas ni los algodones usados.

—No me acuerdo de quién fue el que dijo que llega un momento en la pelea en el que el boxeador sabe que está cobrando feo y que, si no hace algo, le van a arrancar la cabeza. Ese momento es la clave. Ir para adelante. O caer a la lona. —Una puntada en la quijada me frena. Masajeo la carne y sigo—. Matar o morir. Eso es lo que voy hacer el resto del día.

Trato de pensar hace cuánto que me largaron. Ninguno de los espejos me da una respuesta. No sé. Muchos. Perdí la cuenta. *Un día a la vez*, dijo mi primo. En el bolsillo, ya no hay pequeñas decisiones. Veo mis manos. Los nudillos parecen mordidos y varias falanges están vendadas.

—Cuando me largaron, lo único que quería era ser un buen tipo —sigo, como si la mierda que tengo en el cuello rebalsara por la boca—. Y ahora si quiero zafar de esto, tengo que volver a ser el de antes.

O alguien peor.

Ocki se sienta a mi lado y me acaricia la espalda. Levanto la cabeza y vuelvo a verme en esos portarretratos falsos.

—¿Sabés qué era lo mejor de la cárcel? Que no había espejos. Porque un espejo era un arma. *La faca de dos cortes*, le decía el vago que compartía rancho conmigo. Porque si te lo enchufan, con unos puntos la podés caretear. Pero la posta es que todos nos cortábamos cuando adelante teníamos nuestro reflejo. Ver cómo estás. Dónde estás. Esa cuchillada te abre y no hay nada que te salve de eso. —Abro y cierro los puños, las vendas tironean y una se levanta.

Abrazame, Ocki. La puta madre. Decime que todo va a estar bien. Mentime. Decime que soy un buen tipo. Pero me callo. Siempre fui guapo para las cosas que no importan. Para las que me mantienen vivo y no para las que me hacen sentir vivo.

Aguanto la bronca. Silencio. Un llanto amortiguado. Dejo de sentir su mano en mi espalda y la veo perderse entre el pelo que le cortina la jeta. Cuando la saca, uno de sus dedos está mojado.

—Yo también la pifié, Dogo —dice, y gira la cabeza hacia la mesita de luz—. Esos portarretratos tuvieron antes fotos de mi familia. —La voz se pierde.

Ella levanta la cabeza y me devuelve la mirada, ojos grandes y temblorosos. Se agarra la panza. Se dobla como si le hubieran metido una trompada. Se acaricia. Despacio. Los dedos empiezan a cerrarse. Aprietan la remera. La tironean. Se hacen puños. Caricias con puños.

—Cuando le conté a mi novio, dijo que no podíamos tenerlo. Que sus viejos lo iban a matar, que teníamos que pensar en nuestro futuro. Que él se iba a encargar de conseguir la guita, pero que no le dijera a nadie. —El puño sigue en la panza. La otra mano en la nuca. Rascando—. Yo no entendía nada. El miedo y la vergüenza no me dejaban en paz. Pensaba en mi vieja y en el rosario que tenía encima de la cama, al que le rezaba todas las noches. En qué diría si se enteraba de lo que estaba pasando. Y eso me echaba para atrás. *Tenés que decidirte*, me apuró él, y en lo único que pensé fue en que no quería perderlo a él. Al amor de mi vida —se ríe nerviosa—. ¿Qué carajo sabe una pendeja de dieciocho de la vida? Vinimos a Capital. Me drogaron hasta la manija. Arriba de la mesa había dos vidas y casi se pierden las dos. Quedó una que siempre sería una. Nunca más dos. Los médicos me terminaron salvando, pero algo dentro mío se rompió para siempre.

>>Lloré tres días seguidos. Me dolía todo. Me empastillé y calmé ese dolor. Para el otro no podía hacer nada más que seguir llorando, sabiendo que nunca más iba a estar completa. —El puño se abre y se cierra, late sobre su panza—. Cuando volvimos, me dejó. Me decía que no podía verme después de lo que habíamos pasado, que ya no podía estar conmigo. No había pasado ni una semana y ya todos nuestros conocidos se habían enterado de lo que había hecho. Mi vieja no me hablaba. Se la pasaba rezando. Yo le pedía perdón y ella no quería saber nada. Llorando me decía que no íbamos a estar juntas en el cielo. Que yo había matado. *No te preocupes*, le dije. *Acá abajo tampoco estamos juntas. Vos sos la que quisiste eso*, me contestaba. Sí, así fue. Pero ella no entendía que yo no quería eso como se quiere un beso, un abrazo. Lo quería como un animal con la pata en una trampera quiere sacrificar ese pedazo suyo para poder escapar antes de que lo cacen. No entendió. Nunca lo entendió y me terminó rajando de casa. A la semana él ya estaba con otra. Y yo lo único que tenía era un ataúd en vez de una panza. —La voz se rompe.

>>Era culpa mía. Un error para toda la vida. Por eso, cuando me vine acá, puse esos espejos. Para saber que cuando me despertara, iba a estar yo sola y mis errores. Al principio había uno. Pero me mostraban entera y yo no estaba así. Puse varios para verme como realmente me sentía. Pedazos sueltos. Veo unas tetas que alguna vez fueron hermosas y ahora son carne muerta, porque no pueden darle de comer a un bebé. Me miro y sé que nunca voy a poder ser lo que más quiero.

Las palabras se apilan en el aire. Pesan. Me asfixian. Las manos le pegan en la panza. Pienso que mi vida siempre fue así. Haciendo caricias con un puño. Querer a alguien es terminar lastimándolo. Lara. El Yunque. Ocki. Le agarro la mano, se la desarmo y la aprieta. La acaricio. Ella levanta la jeta. Los ojos tiemblan menos. Me sonríe.

—Ojala un día pueda tener un espejo nomás y ver que no estoy sola en él, que hay alguien que se queda conmigo. ¿No es eso lo que todos queremos? Que se queden con nosotros. Que no se vayan.

Vuelve a agachar la cabeza. Pienso que va a quebrarse. Se limpia los ojos y sin esas lágrimas, la ternura vuelve a su mirada.

—Si yo tengo confianza en que algún día las cosas van a estar bien, vos también deberías tener fe. Esa es la mejor arma para hacer lo que tengas que hacer.

Me toca el pecho y me aprieta la mano. Pero no duele. El dolor está más allá de todo, anestesiado con la furia en la sangre que pide sangre. El teléfono ya no importa. Necesito salir. Necesito salvarnos.

—Ojala algún día pueda pagarte esta moneda, Ocki —le digo y me paro.

—Esperá —dice. Se levanta y va hasta la mesa. Me arranca el vendaje del pómulo y lo limpia con alcohol, antes de volver a cubrirlo—. Mañana va a doler.

—Si mañana lo siento, va a ser el mejor dolor.

Y esta vez es ella la que se acerca, me agarra la cara y me da un beso. Agarro un portarretratos y se lo muestro, antes de guardármelo debajo del brazo.

—Te merecés tener uno solo —le digo—. Pero la que se tiene que perdonar sos vos.

La abrazo, y después me suelto, como se suelta la amarra de un barco que encara al ojo de la tormenta. Ella me da una sonrisa y sé que es lo último lindo que voy a ver antes de que todo esto termine. Tranquilamente, podría ser lo último lindo que voy a ver en mi vida. Y no me parece mal. Es más de lo que merezco.

Cuando llego a la calle, reviento el espejo contra el piso, y con él, la promesa de ir por derecha.

Libero la rabia.

Necesito un chumbo. Necesito balas.

Matar o morir.

CAPÍTULO 27

No está.

Ni Lara. Ni el fierro de ella, un 38 corto que le había dado para nuestro aniversario, poco tiempo antes de que me guardaran. Un amigo que grababa mates le había tallado su nombre en la culata de madera, y ella jodía con que, de las dos Laras, la más peligrosa era la de labios rojos. ¿Qué puede hacer un *38 al lado de una rubia?*, decía.

Mando los garfios en el escondite, pero lo único que encuentro son un par de tizas. Abro los cajones de la cocina. Un tenedor caído. Una cucaracha muerta. Reviso estanterías, roperos, como un falopero buscando una dosis. Revuelvo. Tiro al piso. Escarbo. Nada. Cinco y diez. Rescato una remera y un jean y me cambio. Dos curitas de la mano se sueltan. Las vuelvo a pegar, pero no tardan en zafarse, así que me las arranco de un tirón.

Ni el Yunque. Ni Lara. Ni el arma.

El ojo derecho parpadea sin que pueda controlarlo. El zumbido detrás de la cabeza sube el volumen. Una puntada en la mandíbula como si tuviera un clavo. Me tiro en la cama. Cinco minutos y me voy, digo, y que sea lo que la furia quiera. Aprieto los dientes. El clavo se hace cuchillo y llega hasta la nuca. Da vueltas y algo en la puerta, también. Se abre. Lara con Mauro en brazos.

—La reputa madre —dice, con la vista en los cajones arrancados al lado del escondite. Apoya al bebé en el sillón y encara para ahí. Dejo de verla.

—No te preocupes que está todo —digo, ya en la cocina.

Se asusta y cuando quiere girar, se cae de culo. Se agarra el corazón. Infla los pulmones y larga el aire por la boca, con los ojos cerrados.

—Me hiciste asustar, boludo. Pensé que me habían robado.

Estiro una mano y la ayudo a levantarse. Una mano que ni siquiera se gasta en mirar o le importa tan poco como la cara. Lo primero que hace cuando se para es acomodarse la pollera.

—No. No me pasó nada —le digo—. Casi me matan nada más.

No me da bolilla. Se pone a levantar los cajones y revisar que las tizas estén ahí. Me agacho al lado de ella.

—Necesito un arma —digo. Guarda dos cucharas. Levanta un cuchillo y la freno—. ¿Podés parar un segundo? —Tironea pero termina cediendo—. ¿Dónde está el 38?

—¿Para qué lo querés? —grita—. ¿Para terminar lo que empezaste ayer?

Recién ahí puedo verle bien la jeta y me doy cuenta de que está otra que dura.

—¿Lo tenés o no?

—¿Sabés de dónde vengo? —El cuchillo se agita al lado de su cara. Un par de pelos quedan enredados en el filo como si fueran telarañas de oro.

—No tengo tiempo, Lara.

—Del hospital vengo. Vos te quejás por un par de vendas, pero a Fede le estaban operando lo que le dejaste de huevos.

—Escuchame, la reconcha de la lora. —La levanto zamarreándola de los hombros y la apoyo contra la heladera—. Necesito el puto fierro. ¿Lo tenés o no?

Se queda callada. Los brazos vuelan de acá para allá, tratando de zafarse. El cuchillo silba en el aire a unos centímetros de mi cara. Le aprieto la mano y el filo cae.

—No saben si le van a poder salvar los huevos —dice.

—Qué lástima, ¿no? No le va a poder dar un hermanito.

Algo se desentierra, algo que tendría que haber quedado guardado. Me echo para atrás, como si con eso pudiera llevarme las palabras. Lara se suelta. Me mira. La cachetada suena como un látigo. La ira se desarma en su cara y las lágrimas le nublan los ojos. Apoya espalda y culo contra la heladera, y se deja caer, arrastrando nuestras fotos hacia el piso, como si arrancara una piel muerta y se llevara en esa caída todo lo que ya no podemos ser.

—Es tuyo, pelotudo. Es tuyo —dice ella y llora, y el bebé se suma haciéndole los coros. Busco su cara con la derecha, pero espanta mis manos como si fueran un par de moscas—. Salí. Salí.

Doy un paso atrás, atrapado entre dos llantos que tendrían que importarme, pero solo siento odio. Odio al pendejo. A ella. Odio a todo lo que quiero.

Yo creé esto. Tengo que arreglarlo. Puedo hacerlo, pero los miro y sé que ahora mismo no tengo nada que hacer ahí.

—¿Lo tenés o no?

Niega con la cabeza sin sacar la vista de una foto. Ella y yo, y el imán de cerámica que la sostenía, ahora partido a la mitad, tapando parte de nuestras caras.

—Tuve que venderlo para darle de comer a tu hijo —dice.

Me acerco a ella. Trata de alejarme con las piernas y la rodeo. Una mano la abraza, un abrazo que es coartada para la otra mano que escarba bajo la pileta.

—Todo va a estar bien —le digo y le doy un beso en la frente.

Mauro me mira, puchereando. Le cepillo la cabeza y me llevo una sonrisa. Al lado, un punto titila en el contestador. No quiero mirar para atrás. Tengo miedo de arrepentirme y no poder salir de esa casa, pero finalmente freno y, con el picaporte en la mano, me doy vuelta. Lo veo a Mauro y, más atrás, a ella todavía en el piso, rodeada de cubiertos y fotos que ya quedan muy lejos, cenizas de algo que se sigue quemando.

Abro la puerta y me pregunto si esa será la última imagen que tenga de ella.

CAPÍTULO 28

El kiosco del viejo Bruzzone está en el mismo lugar desde hace quince años. Un toldo a rayas blancas y marrones da sombra a la única mesita en la vereda, ocupada por una Bieckert vacía y dos vasos de plástico. Me despego la remera negra pegoteada por la sangre que quedó en el asiento del Senda. Adentro, cascadas de chocolates con envoltorios gastados por el sol, que están ahí desde que compré mis primeros forros. No mucho después, ahí mismo pegué otro tipo de protección.

Tras una reja que cubre todo el mostrador, el viejo Bruzzone. Lentes, bigote corte brocha y una gorra gastada asoman detrás de un diario. Agarro un chocolate. Fecha de vencimiento de cinco años atrás.

—¿Sí? —pregunta Bruzzone, cogoteando.

—Estaba buscando algo que haga un agujero en la panza como estos Milka, pero un poco más rápido.

Deja el diario abierto sobre una mesa y con el índice se acomoda los lentes.

—¿En qué estabas pensando?

—En esos importados que tenés en el fondo.

—No me quedan Magnum 44, Dogo —dice, y el bigote corte brocha se dobla en una sonrisa. Agarra un juego de llaves y arranca a patear al fondo—. ¿Cuánto tenés?
—Treinta.
—No te alcanza ni para una gomera —dice, frenando en seco—. En serio, boludo.
—Treinta.
—Rajá, Dogo.
—Gramos. —Saco las tizas del bolsillo.
—Ese es otro cantar, mi buen hombre. Pase.

La 9 mm que me vende tiene el número limado y, según sus palabras, va a debutar conmigo.

Por la ventanilla del acompañante veo el Bar Jalados y, pegado a él, cinco deptos en un PH con una entrada de autos común. En el cuarto flamea la bandera de mierda. Me mando los dos cargadores en los bolsillos y me calzo el fierro en la cintura. Del bar sale una mesera y se prende un pucho. Me mira, pero no le llamo la atención. Ahí adentro, junta más botellas rotas del piso que de arriba de la mesa. Es esa clase de bar. Las putas de al lado también están acostumbradas a la violencia. No voy a hacerle nada nuevo a Maripily, pienso, y me doy un analgésico para la conciencia por las cosas que voy a tener que hacer.

Los deptos tienen las persianas bajas. Olor a porro. Una radio de música latina. Me paro frente al cuarto de la portorriqueña. Tomo aire. Acomodo el cuerpo. La patada abre la puerta de par en bar. La bandera cae al piso. El rectángulo de luz que entra desde afuera aterriza en las tetas de cientoveinte de Maripily, que está sentada en la cama. Del susto larga un cigarrillo que rueda por la alfombra. De un trancazo cierro la puerta. La piel de la negra apenas se oscurece.

—Carabajal —le digo.

Maripily tartamudea. Tiene puesta una tanga con voladitos. El cigarrillo amaga con prender fuego la alfombra y lo apago con el pie.

—Carabajal, boricua. —Silencio—. ¿Hablás español, la concha tuya? —Dice que sí con la cabeza—. Usá la boca, linda.

—Sssssí.

—Así me gusta. Estoy buscando a Carabajal.

—No sé quién es ese que me dices.

—No tengo tiempo para pelotudeces. Decime dónde está tu noviecito y solo le voy a romper la cara a él.

Silencio. Más silencio. Suficiente silencio. Con la palma de la mano le doy en el mentón. Cae de espalda sobre la cama.

—Carabajal, la reconcha tuya.

—Te piensas que es el primer burronazo que me dan —dice—. Menudo hombre resultaste ser. Dame otra galleta, soplapote. Otra galleta. —Y se cachetea.

—Escuchame, tetánica. No te entiendo una mierda. Abrí la boca y vamos a estar chévere. Hasta ahí llega mi portorriqueño.

Me le tiro encima y le trabo los brazos con las rodillas. Las tetas le bailan mientras trata de zafarse. Me mando la mano a la espalda y saco la 9 mm.

—Cualquiera es babilla, blindao.

—Carabajal. —Le meto el fierro en la boca—. O lo próximo que vas a chupar va a acabar balas.

La negra me mira. La resistencia empieza a ceder con el miedo.

—Ta bien, ta bien —dice—. Pero quita eso. —Le libero los brazos y me vuelvo a cazar el fierro en la cintura—. Se acaba de pirar. Lo llamó su jefecito.

—Rufino.

—Ese —dice, masajeándose las muñecas—. Tenían un negocio que atender, con el otro, ese que siempre dice culiao esto y culiao aquello.

—¿Dónde, negra? —Maripily se retuerce. Trata de huir. No hay chances—. Cantá, Celia Cruz. Cantá.

Y la negra canta.

Y la vida no es un puto carnaval, pero va a tocar bailar una vez más.

CAPÍTULO 29

Cuando es el momento de usar el fierro, la bocha se mete en un punto ciego. Todo el resto desaparece. Adelante no hay personas. Solo hay blancos. Al único que necesito vivo es a Rufino y hasta que me diga dónde está García, o hasta que le birle la teca. El resto, allá ellos. Tendrían que haber elegido otro laburo.

La conciencia no entra acá. La única ley: sos rápido o sos boleta. Y recién cuando los demás cobraron, sos vos el que cobrás lo que viniste a llevarte. Nada de apurarse. Nada de confiarse. Las cárceles y los cementerios están llenos de gente confiada.

Me bajo y amartillo la 9 mm. La luna llena alumbra un cementerio de hierro que se pierde debajo de la autopista. Una bajada que nunca terminaron, un brazo amputado de cemento. Acá no se baja, acá solo termina lo muerto.

Mejor. Sin testigos nadie va a ver quién soy, quién volví a ser.

*Yunque, ¿d*ónde mierda te metiste?, la pregunta aparece y la mando a mudar. No importa. Ahora no importa.

Rejas y paredones separan al baldío de la calle. El pasto y los yuyos tapan bastante. Me trepo, y recién cuando estoy del otro lado puedo fichar bien. Una boca de lobo cortada por cuatro luces que se descuelgan de abajo de la autopista, reflectores baratos que iluminan un cuadrado de cemento rodeado de autos, un último ring con cuerdas de acero. Varios bondis deshuesados crean pasillos que llevan a ese lugar, como tribunas vacías.

Un solo round. Matar o morir.

Ni bien arranco a patear, tropiezo con un desnivel. Una puntada en los riñones y el dolor se extiende por todo el cuerpo. Tendría que haber tomado más pastis. Me mando por un pasillo. El pasto me peina las gambas. El bondi que me cubre tiene las ventanas emparchadas con maderas y cartones. Trato de escuchar algo, pero el ruido de los autos en la autopista no me deja. Ladridos. Una jauría de perros se acerca. Negros o marrones. No distingo. Me chumban y mueven la cola. *Shhh*, les digo. Acaricio a uno y el resto se pelea por un mimo. Tienen el pelo tan gastado que parece hecho de sogas. Al mismo tiempo, todos paran las orejas. Sigo sin escuchar nada, pero ellos parece que sí, porque se dan vuelta y, toreando, encaran para abajo de la autopista. Me apuro a seguirlos. El pasto desaparece y piso asfalto. Me pierdo en ese laberinto oxidado, usando los ladridos de brújula. Cuando termina el bondi, meto panza y paso entre dos paragolpes para llegar a otro pasillo, que da de lleno al medio del terreno.

Apoyados contra el último colectivo, dos personas. Sombras. Un punto rojo se enciende y el humo se pierde encima de sus cabezas. Los perros los rodean y uno de los tipos les revolea un toscazo. Vuelvo apretar el fierro. Los dedos me duelen. Se acalambran. Me arranco una curita con la otra mano. Treinta metros y todavía no puedo identificar si es Rufino y cía, o los que vienen a encontrarse con él.

Lo vas a ubicar fácil, dijo Maripily. *Siempre anda de motoquero. Se piensa que es uno de los Hells Angels el soplapote.* ¿*Y tu chico?*, le pregunté. *También tiene una de esas camperas. Pero como ves, salió muy apurado*, y la señaló colgada de una silla. Un tigre rugiendo en la espalda me miró. *Ahora tenía un* hood. ¿*Un qué, Celia? Esos buzos con capucha.*

El punto rojo vuelve a aparecer. Un tincazo lo transforma en un bichito de luz que se estrella contra el piso. Me dan la espalda y caminan hasta el ring. Aprovecho y me acerco camuflado entre las sombras. Los perros siguen revoloteando. Uno de los tipos se da vuelta. En la espalda, un parche motoquero rodea a un tigre y me dice que llegué. Te encontré, hijo de puta. No sé si son cicatrices o arrugas lo que le cortan la jeta a Rufino. Carabajal es bastante más joven y alto. Tiene las manos dentro del bolsillo canguro del buzo. Las cuatros luces arriba de ellos dibujan sombras en el piso con formas de equis y los hacen parecer más blancos que nunca.

Tengo que acercarme. Asegurar el tiro. Uno de los perros, que ahora puedo ver que es marrón, deja la jauría y empieza a acercarse. Me pego contra la chapa del bondi. Rufino se da vuelta. Da unos pasos y sus cuatro sombras se estiran y se achican en el piso. El humo le rodea la jeta. Dice algo que el ruido de los autos se encarga de tapar. Siguen mirando para acá. Carabajal se hace visera con la mano. Acogoto la culata y una puntada llega desde los dedos hasta el hombro. El párpado me late y tengo que cerrar el ojo. El rope me olfatea. No lo deben estar viendo, pienso, rezo. Con una mano lo alejo y con la otra apunto. El índice tiembla pegado al caño. El perro va a seguir a los otros, que se pierden en la oscuridad de un pasillo del otro lado de las luces. Rufino y Carabajal miran para ahí. Esta es la mía. Empiezo a caminar, agazapado, con las dos manos cerradas sobre el fierro. Uno de los perros vuelve a aparecer. Dejo el camuflaje. Otro can más. Levanto el fierro. Y otro. Apunto. De la oscuridad, y rodeado de perros, se desprende una sombra que se hace persona cuando le da la luz: el Yunque.

Me quedo duro. Primero los ve a ellos. Su sonrisa se desarma cuando me reconoce y me hace señas. Dudo. El punto ciego parpadea y salgo de ahí. El Yunque insiste. Bajo el fierro. Rufino se da vuelta, me ve y ahora es él quien sonríe.

—Miralos vos —dice—. Cada uno llegando por su lado como depredadores.

Del pecho para abajo, mi cuerpo está en las sombras. No vieron el fierro. Tengo la ventaja. Bajalos, me digo, pero quiero levantar el chumbo y me pesa, como si en vez de sangre tuviera cemento en las venas.

—Un depredador lastimado —dice cuando me ve la jeta—. Me dijeron que tu mina era brava, pero no pensé que era para tanto.

Quiero sonreír. Quiero hacer algo. Pero estoy duro. El Yunque toma la posta y estrecha las manos con ellos.

—¿Y el Cordobés? —pregunta Rufino—. Pensé que venía con vos.

—Andaba de buena racha y dijo que podíamos encargarnos nosotros solos —dice el Yunque—. Había varios giles para pelar. Vos lo conocés mejor que yo.

—No larga una buena mano ni por las tetas de Pamela Anderson —dice Carabajal.

Los tres comparten una risa y ni a eso puedo sumarme. El Yunque me viene a buscar. Me da un corto en los garfios y guardo el fierro en la cintura.

—Vos seguime —dice por lo bajo.

Rufino estira la mano y, cuando me la aprieta, se queda con la última curita entre los garfios.

—Te estás cayendo a pedazos, Nicolino —dice. Un perro se acerca y de una patada lo saca carpiendo—. Ropes de mierda. Sin ofender, Dogo.

—Hubiera preferido que nos viéramos en un bar —dice el Yunque—. Pero como sabrás, nuestras caras están buscadas.

—Hasta hoy —dice Rufino.

Nos miramos unos con otros. Puedo ver que son cicatrices las que le tajean la jeta. Parece que se la hubieran apoyado contra un alambrado caliente. Carabajal no me saca un ojo de encima.

—Más vale que te cuides bien esas heridas —dice Rufino—. Si no, vas a quedar peor que yo. —Muestra dientes nuevos y brillantes. Falsos. Como la sonrisa—.

—¿Qué les parece si vamos a lo nuestro? —dice el Yunque.

Rufino asiente. Los dedos de Carabajal bailan, inquietos sobre su cintura. Me llevo las manos a la espalda.

—Las blancas mueven primero —dice Rufino.

No puede ser, me digo. Me repito, pero no sirve de nada.

—Pará un poco, Kasparov. Esto no es ajedrez. —Hay nervios en la voz del Yunque—. Primero la teca.

—¿Vos querés quedarte sin nada?

Rufino chista. El Yunque no cede.

—¿Sabés a quién me hace acordar este boludo? —le dice a Carabajal.

—¿A quién?

—¿Te acordás de Zárate? El vago que laburaba con Báez. Zárate… Brazo Largo, paja. —Y recién ahí Carabajal asiente—. Este Báez fue uno de los primeros que empezó a cultivar faso en el medio del campo. Tenía unos galpones. Grosos. Zárate le cuidaba el negocio. En una movida, la jugó de brazo largo. Terminó coheteando a Báez y se quedó con la cosecha. Lindos fardos se hizo. El problema fue que el chaboncete se pensó que la mota valía su peso en merca y no quería bajar el precio. Que si no le ponían la guita que pedía se podían ir a pegar paraguayito. Dos meses después, el chabón terminó dando el brazo a torcer. La vendió por la mitad. Cuando la fue a buscar al galpón, estaba llena de bichos y apolillada. Le terminaron pagando su precio en plomo. Una entre los ojos. —Hace una pausa para asegurarse de que lo estemos mirando—. Todavía tengo el revólver.

Carabajal se toca con el índice entre los ojos como si hiciera falta.

—Lo que te quiero decir es que a la suerte hay que ayudarla usando la cabeza, porque si no, terminan usando tu cabeza. —Lanza un bufido que apaga con una sonrisa—. Ya estoy como Ferreira hablando de cabezas y todo eso. Él quiere la tuya, me enteré. Bah. Todos nos enteramos. Y yo sé que no sos ningún boludo, que si me buscaste a mí no es porque te caiga bien. Soy el único de los que conocés que podía pagarte ese ladrillo sin hacerse unos mangos extras vendiéndote al gordo porque a mí también me iban a pagar con la misma moneda que a Zárate. El otro día, andábamos escaso de material. Con el Cordobés levantamos un garito de unos paraguas. Tenían cuatro papeles locos. Y el más interesante era uno con tu jeta colgando de la pared y con el número de Ferreira abajo. Los sobrinos del gordo los anduvieron repartiendo como boletas en época de elecciones. —Un perro lo chumba desde atrás y Carabajal le pone un piedrazo en la trompa. Rufino vuelve a ficharnos—. El único que te podía llegar a dar un billete es el Heraldo, y hace dos noches que lo hicieron cagar. Un intercambio que salió mal, se dice en la calle. Heraldo siempre estiraba la falopa y la suerte. Y me juego la chota que lo que te estoy contando lo sabías primero que nadie. Entonces, Yunque... Si no soy yo, ¿quién va a ser? No hay mucha gente con la teca necesaria para pagarte un ladrillo de merca pura. Menos que vos conozcas. Y si la fraccionás, te morís de infeliz hasta venderla. Sobre todo si andás jugando a la escondida como venís haciendo.

—¿Qué sos ahora, mi biógrafo?

Rufino se ríe.

—Sos pelotudo, Yunque. Decime, ¿a quién mierda se lo vas a ir a vender? ¿A los perucas de la 1-11-14? Te pagan con dos corchazos por gil y te la roban. Así que o traela o andá a probar suerte. Pero ya deberías haberte dado cuenta de que no sos un tipo con suerte.

—¿Terminaste? —dice el Yunque—. A quien se la vendo es problema mío. Así que, como le dije a tu prima, mostrame la tuya, que yo te muestro la mía. O te vas a quedar con las ganas.

Rufino frunce la boca.

—Los dos a la vez o nada —dice.

El Yunque resopla, pero termina aceptando. Rufino le cabecea a Carabajal, que enfila para donde estaban antes. El Yunque me esquiva la mirada. No puede ser. Mi hermano no pudo mentirme, me digo, mientras lo veo encarar para el hueco por el que llegó. La puta madre. Los perros lo escoltan. Los dos se pierden de vista. Rufino silba una canción. Se abre la campera. Cuando pone los brazos en jarra, una culata asoma en el jean. Me guiña el ojo.

—No sos el único, Dogo. Así que sacá las manos de la cintura.

—Estoy cómodo así.

Nos quedamos quietos, los dos preparados. Los pasos vuelven acercarse. Carabajal aparece con un sobre marrón. La luz primero da en la cara del Yunque y tarda unos segundos más en iluminarlo por completo, los últimos segundos que duran la mentira que me dijo: en sus manos, el ladrillo de merca.

—Ya estaba empezando a pensar que era un mito lo de esa falopa —dice Rufino y hace señas para que se lo pase con la mano libre. Con la otra, le estira el sobre.

El intercambio es rápido, a zarpazos. El Yunque abre. Adentro, varios fajos verdes como lenguas que nos dicen que el final está cerca. Ficho a Rufino, que arropa el ladrillo como si fuera un bebé. El Yunque está meta barajar los billetes; el mejor pozo que le tocó en toda su vida. Lo miro una y otra vez, tratando de aceptar que esto está pasando, acá y ahora. Rufino saca una cortapluma y apuñala el ladrillo, y con la merca en el filo se la pasa a Carabajal, que esnifea hasta no dejar nada.

—Purísima —dice mientras su jefe vuelve a apuñalar y toma un poco de esa sangre blanca.

—Del material con el que se hacen los sueños —dice Rufino, narigueteando—. Merca de esta calidad no tiene precio, no se puede comprar.

—Lo acabás de hacer. —El Yunque se guarda el sobre.

Rufino se ríe.

—*Fuuck* que es buena —dice.

—Disfrutala. Hasta otra vez, Rufino. Tengo que ir a sacar mi cartel de buscado de las paredes.

—Aguantá. —Rufino apoya el ladrillo en el piso y se estira la cara—. Vos que anduviste con Ferreira, ¿sabés algo del Estatua García? Hace rato que no lo veo.

—Ni idea. Ni me importa.

—Escuché que el gordo les había dado a él y a vos el laburo de recuperar esta preciosidad.

Carabajal tiene la mano hundida en el bolsillo del canguro. Levanto unos centímetros la 9 mm. Los dedos se cierran sobre la culata. La jauría de perros desaparece y se pierde.

—Esa era la idea —dice el Yunque—. Pero no terminó apareciendo.

—Ya veo por qué siempre te fue mal con las cartas. No sabés mentir, Yunque. Yo mismo lo dejé en el bar esa noche y quedamos en que me iba a dar ese ladrillo. Si vos estás acá, es porque fuiste más rápido que él.

Desentierro la 9 mm del pantalón, pero antes de que pueda apuntar, un par de ruidos a mis espaldas me frenan; dos escopetas amartillándose. Rufino sonríe y se corre unos pasos a la derecha.

—Quietos —dice una voz detrás nuestro, que se hace mano y nos saca los fierros.

—Si se mueven, bajalos —dice Rufino—. El único lugar para estar a salvo de esas Ithacas es detrás del cañón. A mí me agarraran algunos perdigones. Pero a vos y a tu amigo los van a partir a la mitad. —Se frota las manos—. Yunque, esta vuelta yo fui el más rápido. Si querés seguir teniendo las piernas pegadas al cuerpo, devolvé el sobre.

Duda, pero se los termina tirando a los pies. Carabajal se agacha y lo levanta.

—Era un hermano el Estatua García.

—Era tu novio, putazo —dice el Yunque.

—Te podría bajar acá nomás, por gil, pero Ferreira va a poder torturarte mejor que yo. Antes de ponerte un balazo en la jeta se va a tomar su tiempo con vos —se despide, perdiéndose en el primer pasillo. Los tipos que están detrás nuestro nos hacen compañía un toque más, antes de que los escuchemos alejarse.

Recién ahí me dejo caer. Y esta vez no es espalda con espalda con el Yunque. No. Esta vez lo que encuentro detrás de mí es la chapa de un colectivo. Algo frío. Distante. Cuando miro al costado, veo que desapareció.

La puta madre.

La reputa madre.

El Yunque me cagó. Me recagó.

Escucho unos gritos lejanos. De dolor. Portazos. Pasos que se acercan. Trato de moverme, pero no tengo fuerzas. El Yunque vuelve aparecer. No viene solo. Arrastra un tipo hecho mierda. Es el Tótem. No. No es. Este respira, aunque no parece que pueda hacerlo por mucho más tiempo.

—El as en la manga —dice el Yunque y zarandea al flaco—. Acá nuestro amigo tiene algo que decirnos.

Amigo, pienso. Ya no quedan amigos. El tipo habla y su tonada me dice que es el Cordobés. Habla, pero no entiendo qué dice. Me llegan cachos sueltos de conversación. *Rufino tiene un aguantadero. Campo. Pasando el río. Una ruta. Sí. Está ahí. Galpones de marihuana.* Estoy mareado. Estoy cansado. No entiendo. No quiero entender. Y el Yunque le sigue pegando al tipo que con cada golpe tira un dato.

—Dejame que lo ablande un poco más, que para cuando termine de cantar, entrar a lo de Rufino va a ser más fácil que entrar a la concha de una puta.

Vuelve a desaparecer con el tipo a rastras gritando. Los perros chupando la sangre que deja regada a medida que se aleja.

—Ahora vamos por todo —dice el Yunque cuando vuelve. Está sacado—. Por la guita, por la falopa y por la reconcha suya. Rufino tiene un aguantadero en el campo, pasando el río Lakon. Faso. Guita. Falopa. ¿Escuchaste, boludo?

—No me interesa.

—¿Qué decís?

—Me cagaste, la concha tuya. ¿Dónde mierda está el Estatua?

—No me rompás la pija, Dogo.

—¿Qué mierda hiciste?

El pecho se le infla, como si tuviera el corazón del tamaño de un globo. Un globo que se pincha. Resopla. Cierra los ojos.

—Sabía que el hijo de puta iba a cagarme. Y lo madrugué. Tenía que asegurarme que no lo encontraran, sino iba a saltar la mentira. Mirá que le metí dos kilos de plomo, pero el hijo de puta flotaba. Le borré la jeta con otro cargador y recién ahí dejé que se lo llevara la corriente. —Niega con la cabeza—. Yo qué mierda iba a pensar que Ferreira…

—Vos no pensás, Yunque. —Me paro—. Es tu problema ahora. Estás solo.

—Cagón.

—¿Qué?

—Sos un cagón. La otra conchuda te miente y no le decís nada. Y te plantás conmigo.

—¿Qué decís, la reconcha tuya?

—Que tu familia es una mentira.

—Al menos tengo una.

El Yunque se ríe.

—¿Familia eso? Ese pibe nadie sabe de quién es, cornudo. Marina me contó que hicieron una lista con todos los que había cogido Lara y tenía el tamaño de una guía. Creo que fui el único que no se la garchó.

La trompada lo agarra justo en la hocico y lo desparrama sobre el suelo.

—Cerrá el orto, la concha tuya. Cerrá el orto.

—Tendría que haber dejado que Zelaya te hubiera hecho mierda. ¿Querés saber que pienso? Pienso que perdí a mi familia por un forro como vos.

Las heridas de la mano vuelven a abrirse. Una de mis cuatro sombras se acuesta sobre el Yunque, que sigue tirado en el piso. Me corro para verle bien la jeta. El labio sangrando y en sus ojos, el miedo, la desesperación. Desarmo el puño.

—¿Por qué mierda me mentiste, Yunque? —La voz sale desde otros tiempos.

—Por ellos. ¿Por qué va a ser? Quise juntar la guita por ellos. Porque ya no me aguantaba más verlos y no ser parte de su vida. Tenía que irme de acá, y antes quería dejarles un buen pedazo de teca. Cuando vi el ladrillo, vi mi oportunidad. Podía hacer la diferencia. Hacer un buen billete y dárselos. Eso era lo más cerca de ser su padre que iba a estar.

Estiro la mano llena de sangre y lo ayudo a pararse.

—Seguramente me van a estar siguiendo —digo—. Decime dónde nos encontramos para terminar esto.

El Yunque se limpia la mano en la remera.

—El Cordobés me dijo que el aguantadero está sobre la Ruta 3. Ni bien pasás el río Lakon, hay una estancia abandonada, y dos kilómetros, tierra adentro, vamos a encontrar la casa donde están.

—¿Estás seguro?

—Si no vuelvo, el baúl en el que está encerrado va a ser su ataúd. No creo que se arriesgue. Dejame que consiga unos fierros y nos encontramos en la estancia abandonada tipo once.

Le digo que sí con la cabeza y empiezo a caminar. Cuando llego a las rejas, me doy vuelta. Él sigue ahí, en el medio del playón. Las cuatros sombras alargadas ahora forman una cruz y el Yunque está justo en el medio.

Me alejo. Camino con los dientes apretados, afilando una palabra. Camino hasta que solo queda la oscuridad.

La moneda hace el ruido de una bala entrando a una recámara.

—Ferreira. Anotá. Ruta 3. Pasando el río Lakon. Once de la noche. Ahí va a estar el Yunque.

CAPÍTULO 30

Ellos o nosotros.
La frase se repite en mi cabeza. La misma en la que siempre habíamos encontrado algo parecido al perdón para cada una de las cagadas que nos habíamos mandado. Nos lavábamos la sangre de las manos con esas tres palabras. Pero una cosa es tener las manos limpias y otra muy diferente, la conciencia. Lo que hacés te queda adentro. Para siempre. Es lo que dice quién sos.
¿Quién soy?
¿Quién?
Ellos o nosotros.
Él o vos.
Había elegido. Había terminado. Había dicho quién era. Fuerte y claro.
Una noche un tipo se acuesta y, cuando se duerme, sabe quién es para el resto de su vida. Esta iba a ser esa noche.

Más que salir, me arrastro, como puedo, fuera de mi cabeza. Las manos me sueltan la cara y se apoyan en el volante. A través de la ventanilla, el departamento de Lara. Hora de que sea *nuestra* casa. Hora de volver a tener un hogar. Acaricio el tatuaje con su nombre, como si con eso pudiera calmar los ecos de una decisión que todavía se agarra con dientes y uñas, un pedazo de conciencia que no muere, que no puedo terminar de matar.

    Se acabó, insisto, y me bajo.

    ¿Quién soy?

    Un tipo que vuelve a casa.

Los cubiertos y los cajones siguen en el suelo. Una foto desperdigada en la heladera.

    —¿Lara?

    No hay respuesta. Doy unos pasos, esquivando cuchillos y tenedores. Detrás del respaldo de una silla, asoma sobre la mesa un chumbo. Encuentro a Lara: un nombre tallado en la culata. Antes de que llegue a agarrarlo, el olor a pólvora me frena en seco. La mano tiembla. Una carta asoma debajo del 38. Su letra nerviosa en un papel de fiambre, manchas oscuras. Grandes y pequeñas. Lágrimas y aceite. Y mucho olor a pólvora.

    —¿Lara? ¿Mauro?

    La derecha tiembla y cazo el fierro. Abro el tambor. Tres balas y tres casquillos. La dejo sobre la mesa y agarro la carta.

    La cagué.

    Así arranca. Así se repite el primer renglón. Sin puntos. Letras que se caen, que más que escritas parecen chorreadas sobre el papel gris. Palabras tachadas. Palabras desesperadas. Leo. Trago. Banco los golpes. Voy hasta la pieza. Entre los barrotes, el pendejo duerme. Vuelvo. Sigo cobrando. Llego al final.

Cuidalo.

Y un número de teléfono.

Los dedos siguen temblando, el eco de las decisiones se mezcla. Marco. Le erro de botón. Vuelvo a marcar. Toco dos botones al mismo tiempo. De vuelta desde cero. Tardo cuatro intentos en llamar al número correcto. Tarda cinco tonos en atender.

—¿Lara?

Unos cuantos bocinazos se roban la respuesta, si es que hay alguna. Un motor de camión se aleja, llantas arando sobre las piedras. Más bocinazos y carraspeos de motores.

—¿Lara?

Ella dice mi nombre. La voz débil, lejana.

—¿Estás bien?

—La cagué. La cagué.

—Tranquilizate.

—El cliente me encontró.

—¿Qué cliente?

—El cliente. El viejo que se quejaba de la merca. Pensé que iba a matarme. —Las palabras se apilan una detrás de otra, sin pausa, sin respiro—. Estaba cagada. ¿Vos me entendés? Decime que sí.

—Lara, tranquilizate. —Aprieto el tubo.

—Él solo quería defender a su hijo. Pero yo estaba cagada. Creí que iba a cobrarse la paliza que le dimos, que iba a matarme. Tuve que dispararle. Tenía que hacerlo, ¿no? Se metió la mano en la cintura y pensé que iba a sacar un fierro. Me iba a matar. Y tuve que dispararle.

—Calmate un poco. —Ella sigue largando una palabra detrás de la otra, las letras se enredan—. ¡Lara! Calmate, la puta madre y decime dónde mierda estás.

Se calla. Traga saliva. El zumbido de un auto alejándose.

—Me están buscando. La agarraron a Marina y no va a tardar en buchonearme la conchuda. Ahí te dejé el fierro. Usalo. Ahora es tuyo. Hacé lo que quieras, pero andate. Van a ir. Te van a encontrar. Rajá.

—Escuchame un segundo, Lara. Calmate y escuchame.

Pero Lara no escucha. Habla. Escupe. Aprieto el tubo más fuerte. Lo ahorco.

—El tipo solo quería que su hijo estuviera bien y yo le disparé. Solo estaba siendo un buen padre. Algo que yo nunca voy a poder ser.

—No puedo hacer lo que me pedís —digo y ella se calla.

—Yo no puedo conmigo misma. Menos si tengo que andar escondiéndome. Eso no es vida. Menos para él. No puedo tomar decisiones, amor. No sirvo para eso. Ya te habrás dado cuenta. —Hay una risa de desahogo y un suspiro—. Vos sos el que tiene que elegir. No yo. Yo puedo bancarme cagarme la vida y la tuya, la tuya también. Así sin caretas te lo digo. Somos grandes. Pero a él… a él no puedo hacérselo.

—¿Dónde estás, Lara?

—Lejos —dice—. Lejos. No podía estar ahí con vos. No quería hacerte trampas. Sabés que puedo convencerte. Nunca me pudiste decir que no. Me fui para que no elijas con los ojos, sino con la cabeza.

Las dos manos estrujan el teléfono como si fuera un trapo de piso. Un bocinazo. Las piedras tintinean. Un motor se acerca y se apaga.

—¿Dónde estás?

—En la ruta. En la parada de camiones de Sánchez. ¿Te acordás? La que está pasando la rotonda.

—Ya sé cuál es.

—Antes de las once me van a pasar a buscar y me van a llevar al norte. No tengo ni idea a dónde. —La voz se entrecorta por las lágrimas—. Pero sé que no voy a volver. Si querés, podés venir conmigo, con él. Intentarlo los tres. Pero esa va a ser tu decisión.

Silencio. Busco una respuesta. Otra decisión. Yo tampoco soy bueno para eso. Su respiración se siente como un viento en la oreja.

—Lara...

—Te amo, Dogo. Siempre. Puede ser la última vez que esté de cara y me pone contenta que seas el último que me escuche. Si no venís, lo voy a entender. Y si venís, encontraremos una manera.

Siento su sonrisa a través del teléfono.

—Lara, aguantá.

Y después ya no hay ni bocinazos ni llanto ni su voz. Solo el tono del teléfono, el sonido de una muerte. Un respirador desenchufado. Algo agoniza. Algo muere y se pierde.

El tubo cae.

Ya no hay casa. Ya no sé quién carajo soy.

Las cosas de las que no se vuelve. Las cosas a las que no se puede volver.

Ellos o nosotros.

Me dejo caer en el sillón. El tono del teléfono sigue de fondo. Miro lo que es mi hogar. El lugar que quise creer que existía nunca lo hizo. Otra celda. No tengo nada.

El reflejo de una cuchilla me devuelve mi imagen borrosa. Así me siento. Pasando los tenedores, las fotos son piezas de un rompecabezas que ya no puedo armar, algo que ya no es mío. Una de Mauro, de frente a la cámara. Quemado por el flash. Los ojos le brillan. La pera llena de baba. Otra está dada vuelta. Tiene una canción garabateada atrás. Sé qué hay del otro lado; el neón de Santuario tiñéndonos de rojo. Más allá el portarretrato de chapa sin foto. Quiero creer que esa imagen está con ella, guardada. Algo a lo que volver cuando ya no haya fe.

Ellos o nosotros.

En la puerta de la heladera, agarrada por el imán de una pizzería, una foto de Lara y mía en mi cumpleaños. El último antes de que me guardaran. La tenía abrazada y en el otro brazo, la piel todavía un poco roja rodeando el tatuaje con su nombre. Lara, dos mechones rubios se escapan de la vincha y le tapan un ojo, pero no la boca que sonríe. Una nena. Me miro. Me veo. Cinco cicatrices menos. Lejos. Lo único más grande que mis cagadas son esas dos sonrisas.

Y me acuerdo por qué están en nuestras caras y no en otras.

CAPÍTULO 31

Ellos o nosotros.

El Rolo Zelaya comiéndose un corchazo. Y Walter quemando el dolor a balazos.

Habían pasado unos días y todavía, cuando soplaba el viento, el revoque se caía de los agujeros de bala en la pared en la casa del Yunque y en la mía. Le había dejado al Chapu diez gramos y una misión. Cuando lo encuentres al Walter Zelaya, chiflá.

Mientras mi primo pescaba, nos habíamos encerrado con Lara en el aguantadero. Una cama y la guita del robo. Nada más. Ni radio, ni tele, ni siquiera un teléfono. Y si hubiéramos tenido, ni la habríamos prendido. Lara encima mío. Lara boca abajo, agarrando la almohada. Lara vestida solamente con billetes. Eso era el mundo. El afuera no existía.

Y el Yunque esperaba por partida doble. Por el Zelaya que quedaba. Y por su segundo hijo. Linda sorpresa se desayunó cuando llevó a su jermu al hospital y vio que en la puerta del cuarto decía Gonzalo como él quería, en vez de Ramiro como quería la madre.

Con una sola condición, *dijo ella.* Quiero que estés ahí cuando nazca.

En el primer parto casi no la cuenta. Te necesito ahí, apretándome la mano. *Lo habían buscado largo y tendido al pendejo. Ella siempre con la ilusión de que un nuevo pibe le iba a poner fin a la vida de fuego y fierro del Yunque.*

Y el día del parto llegó. El Yunque estaba otra que nervioso. Ya se había bajado el segundo atado del día. Los cigarrillos le duraban como si prendiera fósforos. Salió a la puerta del hospital para fumarse el último antes de que naciera Gonzalo. Todavía no podía borrarse la sonrisa que se le había pintado desde que había visto el nombre en la puerta. Le pegaba la tercera pitada cuando lo vio llegar. Dudó. No lo reconoció. Era difícil hacerlo. Tenía media jeta bañada en sangre. Pero sí. Era él. Barrios hijo. Sabíamos escabiar con él hasta que se pudrió con los Zelaya y se quedó con ellos. Ni ahí tan cachivache. Barrios hijo también lo reconoció. Frenó a los tordos que le hacían de muleta y se mandó para donde estaba el Yunque.

—¿*Qué te pasó?*

—*El Walter. Eso me pasó.*

El Yunque achinó la vista.

—*Anda juntando gente. Y me negué. Yo lo quiero al vago. No se la quiero dar.*

—¿*A quién, boludo?*

—*Y el Walter, pum* —*seguía Barrios*—. *Que lo encontramos. Que le vamo' a dar a cohete limpio. Y me le paré de mano. Que no. Que el Dogo también es mi amigo.*

—¿*El Dogo?*

—*Sí. Alguien ubicó el aguantadero. Y aquel está juntando fuego para hacerlo concha. Avisale que corte. Que raje.*

La ceniza cayó al piso. La sangre también. El Yunque negó con la cabeza. Ni teléfono al que llamar para avisarme, ni tiempo para llegar antes que Walter Zelaya. Solo tenía una opción.

—Escuchame bien —le dijo—. ¿Dónde está Walter?

Y Barrios cantó. Dio una dirección, mientras los médicos lo arrastraban para llevarlo a la guardia y un cana asomaba el hocico. Lo vio desaparecer dentro del hospital, y segundos después, un tordo lo vino a buscar. Su esposa ya estaba lista. Lo estaban esperando.

Al final de su mano tenía una colilla. Y lo próximo iba a ser la mano de su mujer. Iba a ser. No fue. Fue un cuatro y medio. Mientras su mujer daba luz a su sangre, el Yunque boleteaba al última Zelaya.

Cuando volvió al hospital, lo único que encontró fue una puerta cerrada. Un poco arriba del picaporte, el cartel que decía Gonzalo *no estaba más. En su lugar, había otro que decía:* Bienvenido, Ramiro.

Todavía tenía la sangre en las manos cuando entró al aguantadero. Sangre que borró con sus lágrimas que trataban de atajar lo que perdía. Cuando se calmó, me contó todo, whisky y abrazos de por medio. Y me dijo: eran ellos o nosotros. Y elegí...

Y ellos, ellos nunca más.

El recuerdo termina. Una pantalla negra. La conciencia late.

¿Quién soy?

Me acerco. Tambaleo. Me apoyo en la mesa. Me saco las vendas de la jeta, una careta que se cae. Abro y cierros los dedos. Un puño, los nudillos todavía más rojos.

Una decisión. La última. Para siempre.

Con la derecha acaricio el Lara en mi brazo y con los dedos de la zurda, el Lara en la culata del arma.

¿Quién mierda son los tuyos?

No tendría que haberme mentido, insisto. Retruco. Me escudo ahí.

El Yunque había elegido cómo jugarla.

Y ella… ella también.

Escarbo. Cavo en mi pecho. A quién voy a desenterrar. A quién voy a tapar.

Lo de Sánchez o el río Lakon.

Vuelvo a ver las fotos. Ficho la que resiste en la heladera. Nos veo. Nos siento. Trato de pensar qué queda de nosotros mil rayas después, mil rayas en la sangre, mil rayas en una pared.

Y pienso que nuestras sonrisas ahora son solo una cicatriz.

Las manos sobre su nombre. ¿Qué Lara elegir?

Ellos o nosotros.

Cuando los dedos se cierran sobre un Lara, sé quién voy a ser el resto de mi vida.

CAPÍTULO 32

Las luces del auto sobre la ruta. Dos brazos que se estiran para llegar. Piso el acelerador. Duro. Quemo asfalto. Ciento diez. Ciento veinte. Ciento treinta.

Pero los faros solo siguen abrazando el asfalto.

La aguja del velocímetro se quedó viboreando el ciento treinta. No da más. La larga del reloj, esa sí, avanza y le da un cortito a las once.

En la misma maniobra paso a un Senda y a un Scania. Pispeo por el espejito para verle las caras. Las luces de un camión me hacen parpadear. Una curva adelante. Las llantas muerden la banquina. Cuando vuelvo a la recta, quedo totalmente solo. Ni un auto adelante ni atrás.

Un vacío afuera. Otro adentro.

Hay algo triste en el desierto a los costados. Alambrados rotos en una tierra de nadie y yuyos. Pasto y barro. Una y otra vez. Parece ser siempre el mismo campo. Siento que no avanzo, que no voy a ninguna parte. Lo mismo que sentía cuando estaba guardado y fichaba a través de la reja otro campo, otra nada a mitad de camino a ningún lugar. Yuyos amarillos que ni crecían ni morían. Solo estaban ahí.

Lo único que me dice que avanzo son los bichos que se van estrellando contra el parabrisas. El tiempo se mide en muertes. Así va a ser a partir de ahora.

Se revientan unos cuantos más. Manchas marrones. Sin sangre. Para que a nadie le importe. Un helicóptero queda flameando atrapado en el limpiaparabrisas. Creo que está vivo. Quiero parar y liberarlo. O reventarlo del todo.

Las luces le dan de lleno al cartel en la banquina.

Río Lakon.

Veo el rancho aparecer a la derecha, y más atrás una hilera de árboles que se meten tierra adentro hasta formar una pared. En un hueco, alcanzo a ver al fondo de todo un cacho de casa y una especie de tráiler iluminado por una lamparita. Tiene la puerta abierta. Al final asoman dos galpones y el techo de un tercero. Perdidas a lo lejos, nubes de polvo suben mientras otras empiezan a caer y vuelven a ser tierra.

Lo que no veo por ninguna parte es un auto.

Llego a tiempo. O muy tarde.

Bajo la velocidad cuando paso por delante del rancho donde, en teoría, me está esperando el Yunque. Parece la jeta de un viejo hecho mierda. Una lengua de tierra se recorta entre el pasto y da derecho a la entrada. Las paredes agrietadas son arrugas de cemento y el techo de paja cae como un flequillo. Ojos, huecos donde antes había ventanales, y en el medio, una puerta tapiada, una nariz rota y vendada. Le busco forma de persona hasta a lo muerto. Busco vida. Por las que faltan.

Sigo de largo por si me están haciendo la cama. Trato de pensar cómo encarar la situación. Cinco segundos, diez. No llego a quince. Pego el volantazo y me llevo puesto el alambrado. La cabeza me da contra el techo cuando agarro una cuneta. La bocha no responde. Me putea. Que se vaya a la mierda. Se le tendría que haber ocurrido algo.

El auto se zarandea con los pozos. Avanzo por instinto. Los yuyos tapan todo el parabrisas hasta que vuelvo al terreno. La casa aparece de coté a media cuadra. No hay movimiento. Cogoteo de acá para allá. Quisiera tener diez pares de ojos para poder fichar a todos lados.

Llego al camino que lleva al aguantadero de Rufino. Un túnel hecho de ramas que desemboca en una casa. La puerta sigue abierta. Doblo y enfilo por ahí. Me arrepiento treinta metros después y giro para el lado del rancho. Miro. Pienso. La parte de atrás del rancho tiene un hueco donde alguna vez hubo un portón. Dos ventanas tapiadas a los costados. El lado ciego. La trompa del auto apunta para ahí y tengo que acercarme unos metros para que las luces lleguen adentro. No veo a nadie. Dudo entre seguir o frenar y bajarme. Trato de escuchar algo, pero el ruido del motor no me deja. A la mierda, digo y lo apago. Silencio. Las luces siguen prendidas y abrazan la casa.

Miro el asiento de al lado; Lara. Mi único acompañante. El que elegí. Las letras grabadas en la culata me roban un perdón que no va a escuchar. A la única Lara que me queda, a esa sí que la voy a tener hasta que la muerte nos separe.

Saco las llaves del contacto. Las luces se apagan, pero la oscuridad dura un parpadeo. Un fogonazo de frente se la roba. El parabrisas se hace blanco. Otro disparo y un escopetazo. Me tiro de cabeza al piso. La llave se me cae del susto.

La busco. No hay caso. Plomo y plomo. Me llueven cristales. Los sonidos dejan de llegar amortiguados y explotan todos juntos. Sigo buscando. El vidrio me corta los dedos. Estiro el brazo y abro la puerta del acompañante y, cuando una perdigonada la cierra, abro la mía y me parapeto atrás. Pispeo por abajo y los ubico. Son dos en el medio del campo, de espaldas al rancho. Veinte metros con toda la furia. La llanta al lado mío explota y el auto cae como si apoyara una rodilla. No tardan en explotar la otra y el Senda queda totalmente arrodillado y culo para arriba. Me asomo y tiro sin apuntar. Siguen quemando cohete mientras empiezan a acercarse para rodearme. Doy la vuelta. El olor a líquido de freno y aceite tapando al del pasto mojado. Uno carga la escopeta. El otro mira para la puerta. Del capó sale una nube de humo. Lo uso de camuflaje y me paro. Apunto. Aprieto el gatillo. Uno tambalea. El otro lo mira, duda y, dudando, se come un corchazo. La cabeza le latiguea y con la oscuridad lo que vuela parece petróleo.

    Me vuelvo a cubrir con el auto. Paranoico como el peor merquero, fichando acá, allá y más allá también para ver si hay alguno más. Busco el silencio, pero encuentro mi respiración agitada y los gemidos agónicos de uno de ellos. Salgo del escondite. El que está vivo trata de usar la escopeta para pararse. Me acerco hasta quedar pegado a él. Gatillo. Deja de moverse. Recién cuando la sangre empieza a salirle de la frente veo que es Rivera.

    Me agacho y los carroñeo. Me calzo una 9 mm en la cintura y la Ithaca me la cruzo por el pecho. Le birlo unos cuantos cartuchos a los dos. Después de guardarlos en los bolsillos, saco el 38 para recargarlo. Alcanzo a poner tres balas cuando algo me golpea la panza. No es una trompada o un balazo, pero se parece.

O el Yunque no apareció. O ya la palmó.

Corro para la casa. Cien metros que se hacen kilómetros. Tengo la boca seca. La mitad del cuerpo me late. Mañana va a doler. Mañana va a ser el mejor dolor. De la punta de los dedos me caen gotas de sangre. Ni bien entro al rancho, pateo algo que por el ruido es una botella de vidrio.

—¿Yunque?

Ni los grillos. El ruido de un motor se acerca. Me mando para el frente. Por uno de los ventanales, lo veo seguir de largo.

—¿Yunque?

El techo de madera y paja está roto y la luz de la luna se mete iluminando un piso de cemento tapado de mugre y revoque junto con unas cuantas revistas.

—¡¡¡Yunque!!!

El techo de chapa de los galpones de Rufino brilla. Me llama. Voy. O me quedo.

¿Será tan hijo de puta de haberme dejado de garpe?

No. Esa ni en pedo. Ferreira debe estar por caer. La concha de mi vieja. Esos dos eran la avanzada. Vuelvo a fichar para los costados. Sigo solo. Solo. Pero no lo voy a estar por mucho tiempo.

Si me quedo, la como. Es corta la bocha, así que encaro para lo de Rufino. Llego al auto. Del capó varicelado a balazos sigue saliendo humo. El helicóptero todavía está vivo y aletea en el limpiaparabrisas. Lo libero. Quiere volar, pero lo único que consigue es saltar sobre el capó. Con la culata del 38 lo aplasto. Un ala queda pegada y la saco de un tincazo.

Apuro al paso. Quiero llegar al final, al fondo del pozo. Parar de caer. Delante mío la noche tiñe todo de negro azulado. No hay colores. No hay vida. Los yuyos llevan años sin ser cortados. Los pies se mojan con el rocío. Sigo avanzando. Escucho un ruido. Un auto. Un auto rojo en la ruta. Algo de color. Allá sí está la vida. Allá vuelve a empezar. Rivera tiene una mosca en el ojo. El otro está boca arriba y la mancha de sangre no se distingue en la remera negra. Parece que está viendo las estrellas. Miro el cielo. No hay ni una. Ni esa suerte tuviste, flaco.

La desesperación hace que vuelva a patear y el aguantadero de Rufino empieza a acercarse. Freno en un árbol. Los dedos se me siguen derritiendo. Me seco la mano en el pecho. Siguen brillando. De cerca, veo que tengo varios cristales clavados. Los arranco. El sonido de un motor me lleva la vista a la ruta. Un auto se acerca de la derecha y otro de la izquierda. Cuando sus luces chocan entre sí, los autos toman color. Un Renault 18 azul y un Corsa rojo. Me miro las manos. Solo encuentro sangre negra.

Un ruido entre los yuyos. Algún bicho que viene a cenarse a los otros dos. Veo los pastos moviéndose a medida que se acerca, pero en vez de encarar para los fiambres, se pierde para el otro lado. Otro ruido me llega. Es un bicho que huye de una sombra azul a veinte metros. Una gorra le roba la jeta y los yuyos las piernas. Me seco la mano en el pantalón y pelo el 38. Le apunto. El tipo avanza despacio. Parece cansado. Se me complica mantener la mira. Los brazos me pesan. La sombra levanta la jeta y mira al cielo. Bajo el chumbo.

—¡Yunque!

Me busca con la mirada y necesita un segundo grito para encontrarme. Se apura. A medida que avanza, deja los pastos más altos atrás y el resto de su cuerpo empieza a aparecer. Primero la panza. Después las piernas. Es como si saliera de un mar de yuyos y llegara a la orilla. Pero la orilla está lejos.

Tiene una bolsa de arpillera en la zurda. En la cintura asoman dos fierros, uno arriba de cada bolsillo. Una escopeta en la otra mano. La usa de bastón. En el pie derecho tiene un pedazo de remera blanca atada como venda. Un círculo negro en el medio, que baja y le chorrea el talón.

—¿Qué mierda hiciste?

Tiene la jeta toda transpirada y un par de pastos pegados.

—Tenías razón, Dogo. Era mi bardo. Yo tenía que solucionarlo.

Pisa un desnivel y lo atajo para que no se vaya de jeta al piso.

—Tenemos que irnos —digo.

—Fui a arreglar las cosas —sigue—. Pero nos cagaron. Me cagaron.

—No importa...

—Abrila —dice y me pasa la arpillera.

Lo hago. Lo único que encuentro es un pozo negro.

—Había menos tizas que en una escuela pública, la reputa madre que los parió. Ciento cincuenta gramos con toda la furia. ¿Y los galpones? Levantaron todo. No había ni una puta chala. No sirve, hermano. No alcanza.

—Tenemos que irnos —digo.

Me acerca y lo cargo. Más que pasos, damos tumbos. Lentos. Le miro la herida.

—Bajé a un par por lo menos —dice—. Pero el culo roto de Rufino me la dio y se fue carpiendo. —La saliva sisea entre sus dientes y se agarra la gamba—. Me cagó el infeliz del Cordobés. Ojalá se gaste hasta los huesos raspando el baúl. —Levanta la mirada—. ¿Qué mierda pasó, Dogo? Antes si le ponías un fierro en la boca a alguien, no te mentía. Ahora no se puede confiar en nadie. —Hace una pausa, me mira y sonríe—. Decí que te tengo a vos, hermano.

Ni siquiera me gasto en tratar de hacer una sonrisa.

—Menos mal que estás vivo —dice. Lo miro sin entender. Habla como una borracho, pero no tiene aliento a alcohol—. Ni bien se tomó el palo Rufino, escuché un tiroteo y pensé que te habían agarrado. —Resopla y parece que se desinflara—. Decime que le metiste algún tiro.

Abro la boca. Quiero decírselo, pero no puedo. Trago saliva. Lo miro. Está perdido. No sé cómo se va a bancar la verdad. Ni sé si se la va a bancar. En caliente todos hacemos cagadas. Todos. Y eso que usa de bastón es una escopeta. A la distancia que estamos, me parte a la mitad.

—Hay que rajar, Yunque.

Trato de acelerar el paso, pero es como si llevara una carreta. Le ficho los pies y trato de coordinarlos. Cuando levanto la vista, veo que estamos cerca del Senda.

—Mierda —dice, fichando el auto.

—Rufino —me apuro a batirle—. ¿Dónde dejaste el tuyo?

—Del otro lado de la ruta. No quería levantar la perdiz.

La sonrisa que arma no le dura mucho.

—¡La reputa madre! —dice cuando ve los fiambres. Un segundo después, el cagazo se hace certeza. El Yunque ve.

Encuentra lo que no pude decirle—. Ese no es…

—Sí —digo—. Rivera.

El Yunque se suelta, la escopeta se hunde en el piso para no caerse de culo. Sacude la cabeza negando.

—¡Hijo de puta!

—No me dejaron opción. Vos no me dejaste opción.

Cierra los ojos.

—Conchatuya, Dogo. La reconcha tuya.

—Tenemos que irnos. No van a tardar en caer.

—Elegiste mi cabeza.

—No —le digo y señalo los muertos—. Elegí la de ellos.

El Yunque sigue negando, con la vista en el piso. La levanta y mira al cielo.

—Allá no hay nada que te vaya a salvar —digo y le estiro la zurda.

Tiene los ojos llenos de furia. Los cierra y asiente con la cabeza. Le paso una mano por la espalda y él se ganchea a mi cuello.

—Nosotros —dice—. Y ellos… están a salvo.

—Sí.

—De nosotros.

Me quedo callado. El silencio no miente.

—Vamos —digo.

Damos unos cuantos pasos. Pasamos por al lado de los muertos. Habrá unos cien metros hasta la casa. Unos doscientos hasta la ruta. Unos pocos más hasta el auto del Yunque. Un ruido nos dice que la salvación está mucho más lejos de lo que parece. En la ruta, aparecen dos autos pegados.

Una picada, trato de mentirme, pero cuando empiezan a acercarse y bajar la velocidad, no puedo mentirme más.

—Rajá, boludo —dice el Yunque.

—No jodás.

—Rajá, la reputa madre —insiste con la voz quebrada—. Este es mi quilombo.

Intenta zafarse, pero lo cazo del cuello. Cuando doblan, la casa nos los tapa. Las luces atraviesan los ventanales de adelante y salen por los de atrás. Nosotros quedamos atrapados en el medio, en un pedazo de noche.

El Yunque saca fuerzas de no sé dónde y empezamos a correr hasta el rancho. Nuestra única chance. Alguien grita del otro lado. Nos desplomamos contra una pared.

—Estoy cansado de correr —dice. Tiene la jeta pegada a mi cuello.

—Yo también.

Nos tiramos al piso y gateamos hasta un ventanal que da a la ruta. Trato de ver, pero las luces altas me ciegan. Una figura se recorta sobre ellas. Somoza, por la voz. Las puertas del auto se abren. El Yunque enfila para la izquierda del ventanal, yo para la derecha. Apoyo la espalda contra la pared de ladrillos y cemento. Duro, pienso. Lo más parecido a un chaleco antibalas que tenemos a mano. Me descuelgo la escopeta y, como si pusiera la mesa, la pongo al costado junto con la 9 mm y los cartuchos. El Yunque también hace lo mismo.

La pared que tenemos enfrente parece una pantalla. Tres sombras se dibujan ahí y no tarda en sumarse una cuarta. Uno tiene una escopeta. Dos se dan vuelta y su sombra adelgaza. Miran para atrás.

¿Qué mierda están esperando?

El Yunque me muestra la palma libre. En la otra tiene el fierro. Un hilo de luz se filtra por un agujero sobre mi cabeza. Lo uso de periscopio. Parapetaron un auto de coté y un par se atrincheró atrás. Del que nos ciega con las luces, alguien trata de bajarse. Le cuesta como la puta madre, pero finalmente sale. Es como ver a una madre parir a un bebé de veinte kilos. El gordo Ferreira da tres pasos y se pone frente a las luces que, de ser un reflector, pasan a tener la fuerza de una lamparita.

—Señores —dice—, si tienen algo para darme es el momento, si no, vamos a ser nosotros los que les demos algo.

El Yunque se asoma y como respuesta le da un balazo. El grito del gordo nos dice que le pegó.

—Háganlos concha —ruge Ferreira y todo se va a la mierda.

Los tiros empiezan a desarmar la casa. Una viga se cae. Llueve paja. La pared blanca que tenemos enfrente se empieza a revocar y el cemento aparece. Me doy vuelta y tiro a la bartola hasta que se acaba el cargador. Dejo el 38 y en el mismo movimiento agarro la 9 mm. No sé si le doy a algo. No estoy seguro de nada. Sangre y transpiración se mezclan sobre la culata. Sigo apretando el gatillo hasta asegurarme de que se acabó el cargador.

—Maten a esos hijos de puta —suena la voz del gordo.

Lo vuelvo a fichar al Yunque mientras recargo el 38 y la 9 mm. Una perdigonada pasa entre nosotros y me nubla su cara por un segundo. El Yunque caza la escopeta y revolea para todos. Una de las sombras se tira al piso. Los perdigones rebotan contra la chapa del auto. Alguien pega un alarido.

Y después el silencio, una especie de tregua mientras ellos recargan.

—Le di a Ferreira —me dice el Yunque.

—Como si fuera difícil darle. —Los tiros vuelven a explotar—. A ver si les das a los otros.

—¿Y vos? Fijate si no te olvidaste la puntería en el otro bolsillo.

Me asomo y con la 9 mm apunto a la primera sombra que veo. Tres, cuatro corchazos alcanzo a tirar antes de volver a refugiarme. Miro la pantalla delante mío y el tipo cae. Alguien grita un nombre. Alguien se traba y quema un cartucho detrás de otro. Las balas astillan la madera del marco al lado de mi jeta. Dos sombras me siguen tirando. Una se agacha y se lleva al caído para atrás. Sin mirar, gatillo la 9 mm hasta que se acaba el cartucho. El último. La tiro a la mierda y cazo el 38.

El Yunque ahora está jalando con una pistola. Debajo de su pie estirado se formó un charco de sangre.

—Dale, boludo —me dice.

Más que escucharlo, le leo los labios. Los tiros me están dejando sordo. La nariz me pica por la pólvora. Me rasco. Sigue picando. Me la quiero arrancar. Me hace señas para que le pase la Ithaca. La hago patinar por el piso y, cuando la ataja, hace un gesto de dolor. Se palpa el pectoral derecho. Una mancha del tamaño de una pelota de golf le oscurece la remera.

—La puta madre. ¿Estás bien?

—Un rasguñón —dice, pero la mueca de dolor no desaparece—. ¿Qué te queda?

—El 38 lleno y varias balas —digo golpeándome el bolsillo.

Me pasa un cuatro y medio.

—¿Y vos?

Agarra la Ithaca y la levanta.

—Y una Taurus con un cargador más. ¿Cuántos quedan?

Me paro. El cuerpo me pesa y ficho por el agujerito. En el piso veo a dos muertos. El auto de las luces prendidas tiene todas las puertas abiertas y está inclinado para la derecha; el gordo hijo de puta está sentado adentro. Hay uno apoyado contra el costado y Somoza lo está revisando. Del otro auto, dos se asoman por atrás y otros dos lo rodean para ponerse enfrente nuestro.

Lo miro al Yunque y le muestro seis dedos.

—Concha de mi vieja.

Se saca la gorra y se seca la transpiración con el brazo. Parece más pálido y respira por la boca. Lanza un quejido.

—Yunque.

—No es nada —insiste.

—¿Y ahora?

—Ahora sangre, sudor y huevos —dice.

Esta vez somos nosotros los que tiramos primero. Los madrugamos. El Yunque me gana de mano y le desarma la gamba a uno con un Ithacazo. La respuesta no tarda en llegar. El ruido de los tiros es ensordecedor, pero a pesar de todo, lo que más sigo escuchando son los alaridos del tipo en el piso. Grita, como la reputa madre grita. Le pongo un tiro en la cabeza. Se calla. Busco al otro, pero me encuentra primero. Siento un golpe en el pecho. Las manos sueltan el

38. La nuca rebota contra el suelo. A través del agujero en el techo, puedo ver la luna que se aleja y la oscuridad que se acerca. Me palpo. Busco la herida y la encuentro al lado de la axila izquierda. *No es nada*, me digo. *No es nada*. Me obligo a pararme.

El Yunque me grita. Creo que dice mi apodo. Creo. No escucho nada. Lo veo abrir la boca. Se arrastra y se acerca. Cuando me toca, la realidad vuelve a enchufarse. Suenan los tiros, los escopetazos y los gritos.

—Dogo —dice y me sacude—. ¿Estás bien?

—Una picadura de mosquito.

Le saco una sonrisa. Me ayuda a pararme y después vuelve a su posición.

No es nada. La herida me late. Siento como si tuviera dos corazones. *No es nada*. Cuerpo a tierra me reincorporo. Las balas siguen desarmando la casa. El piso se llena de paja y una madera se descuelga y aterriza cerca mío. *No es nada*, insisto, y cazo la cuatro y medio y tiro. Una de las luces del auto explota. Me vuelvo a cubrir. La pólvora ya no me hace picar la nariz, me entra de lleno por la ñata como si fuera merca y me dopa.

—El Chuni me pasó una fija para mañana —dice el Yunque y tose—. Esta no puede fallar.

—No me mirés. Yo no tengo un mango.

—Yo tampoco. Pero ellos deben tener algo en los bolsillos.

Un alarido se repite del otro lado. Alguien llora. Alguien pide a su vieja. Ferreira sigue puteando. En la pantalla quedan pocos. Me levanto y por el agujerito, veo que están todos a cubierto. Cuento tres cerca del Gordo. Quiero ver a los del otro auto, pero no llego. La vista se me nubla. Estoy mareado. Cierro los ojos. Estoy cansado. El fierro me pesa en la mano. Lo abro. Cinco casquillos. Lo tiro a la mierda.

Lara, pienso.

Abro los ojos. Ficho el 38 cerca de la pared de enfrente. Me tiro al piso y gateo. La sangre me baja desde la axila hasta la mano y los garfios patinan sobre el piso. Se me pegan un montón de porquerías. Estiro la derecha. Abrazo a Lara. Debajo de los dedos, las letras talladas se llenan de sangre, y el tambor, de balas.

Vuelvo a mi lugar. Que cada tiro cuente. Me asomo. Me tomo mi tiempo y apunto. Aprieto el gatillo para que Lara los bese. Una vez y para siempre. Una vez y nunca más. Un beso que los mate. La pólvora me sigue dopando. Un beso que no se puede repetir. Eso también es morirse. La puta madre. No quiero pensar en ella. Suena a que la voy a palmar, que me estoy despidiendo. Que estoy buscando algo lindo antes de irme. A la mierda eso. Yo estoy acá. Ahora. No me voy a ir. No quiero morirme dos veces.

El Yunque tiene la nuca apoyada contra la pared y la Ithaca apuntando para el techo.

—¿Vos decís que es segura la fija para mañana? —le digo.

—Mejor que con esta última nos va a ir.

Nos reímos. No nos importa nada. Vacío a Lara. Riego con los casquillos el piso y vuelvo a cargarla. El Yunque descarta la escopeta y saca la Taurus. Del otro lado, ellos también preparan los fierros. Un alarido se apaga. Los cartuchos salen de las armas, caen al suelo y son reemplazados por otros. Piezas que se desarman. Engranajes de la muerte.

Tiro hasta que se acaban las balas y vuelvo a cubrirme. Escarbo en el bolsillo y saco las últimas seis. Más de las que necesito, me digo pensando en que deben quedar tres o cuatro. El Yunque pone un cartucho en la Taurus.

—Menos mal que lo trajeron al gordo —dice—. Pensá que si no venía, podrían haber traído más gente y ahí sí que no la íbamos a contar.

—Está cambiando nuestra suerte.

Se empieza a cagar de risa, se tienta y yo me sumo. Nos disparan, pero no nos importa. Las balas siguen de largo. Rompen la pared. Cuando paramos de reírnos, nos miramos. Aprieto el 38. La culata se me patina con la sangre. El Yunque amartilla su arma. Está pálido. Yo también debo estar pálido. Cierro los ojos. Ya no me siento tan cansado. Miro la pared de enfrente, el revoque blanco y la roña apilándose en el piso. Rabia acumulada en la boca de un perro.

—¿Vas a seguir vagueando mucho más? —le digo.

El Yunque se ríe. Tiene los dientes brillosos y rojos.

—Sangre, sudor y huevos —dice.

Cabecea y yo le devuelvo el gesto.

—Sangre, sudor y huevos —repito.

Nos damos vuelta. Gritamos y tiramos a todo lo que se mueve. Estamos borrachos de pólvora y plomo.

Somos rabia. Rabia que mata.

Tenemos una sonrisa en la jeta y un arma en las manos.

Apretamos el gatillo. Una y otra vez.

Somos rabia. Somos fogonazos que se repiten hasta que solo queda la oscuridad.

La oscuridad y la muerte.

EPÍLOGO

Yo lo bauticé, dice el viejo Cayetano cuando ella le pregunta.
   Por lo blanco, seguro que no fue, dice con una sonrisa de dientes amarillos. Yo solía criar dogos, hace mucho tiempo. Ahora así como me ves no puedo criar ni un chihuahua, pero antes tenías que verme. En fin. Tampoco es por lo peligroso. Eso son boludeces que inventa la gente. Quince años crié esa raza y mirá —se remanga la camisa y muestra los brazos—. Ni una sola vez me mordieron. Ahora todos te cuentan que lo vieron al Dogo pelear con tal o cual y repartir a troche y moche. Pero yo lo vi la primera vez. Y la primera vez cobró para el campeonato. Quilombo de polleras, ¿por qué va a ser, nena? Ojo. No de él. El Yunque se metió con una que tenía dueño. Sos un boludo, le dijo el Dogo, pero igual le fue a hacer el aguante. Por las dudas nomás, porque habían quedado que iba a ser mano a mano. Mano a mano, las pelotas. El vago cayó con seis flacos más. Flacos por decirlo de una manera. Eran todos locos que hacían fierros allá en el gimnasio de Di Paola. Le estaban pegando una tunda de aquellas al Yunque. Era al pedo meterse. Pero el Dogo se metió nomás. Y antes de que les reventaran la cara, acomodaron a unos cuantos. Los otros solitos se fueron. Y nunca más volvieron. Esa vuelta fue cuando le

rompieron la ñata. Yo mismo se la arreglé. Y mientras le ponía la nariz en su lugar, lo bauticé.

>>Porque vi en él lo mismo que veía en mis perros. Los dogos son criados para pelear hasta matar o hasta morir. Capaz de dar su propia vida para salvarte a vos o a los tuyos. Y eso fue lo que vi en ese purrete. Alguien que iba a dar todo para salvar a los suyos. Sin importar lo que le pasara. Tenés que entenderlo, nena. Ese día perdieron, pero ganaron un hermano para toda la vida. Y para tipos como ellos, perder al lado de un amigo es lo más parecido a una victoria que van a poder tener.

Y Ocki, siempre que piensa en él, recuerda esa historia. Como si en ella encontrara un alivio o una fe para seguir adelante, la misma que encuentra en esa carta que recibió una noche donde diez hombres sangraron, pero no todos murieron. Una carta arrugada por las lágrimas que cayeron mientras la leía. Una carta que le dio opciones que nunca iba a tener.

Alguien que dio todo para salvar a los suyos.

Esa es una buena respuesta para darle a Mauro cuando pregunte quién es su papá. Y ella lo mira y él le sonríe. Y en el único espejo-portarretrato que queda, Ocki se ve abrazando al bebé.

Quizás, le dice, *algún día lo vuelvas a ver.*